버려진 돌 임용근 스토리

가온미디어

버려진 돌 임용근 스토리

|인쇄|2022년   9월 15일
|발행|2022년 10월   1일

|지은이|임용근
|발행인|채명희

|발행처|가온미디어
    전주시 완산구 충경로 32(2층)
    전화_(063)274-6226
    이메일_ok.0056@hanmail.net

값 20,000원

ISBN 979-11-91226-14-0

버려진 돌 임용근 스토리

임용근 지음

"큰 산 밑에 큰 계곡이 있습니다"

저는 누구나 부러워하는 아메리칸 드림을 이루었습니다.

미국에 무일푼으로 와서 경제적인 성공을 이루었고 미국 한인 이민 사상 최초로 오리건주 상,하원 5선을 했습니다.

많은 사람들이 저의 삶을 통해 저의 성공비결을 배우려 하고 있습니다. 그러나 이 책을 통해 알리고 싶은 것은 저의 성공이 아니라 제가 겪었던 많은 실패와 고난과 시련들입니다.

저만큼 어려움과 고통을 겪은 사람들도 없을 것이라고 생각합니다.

저는 1935년 경기도 여주 시골에서 태어나 일찍 부친 별세 후 어려운 가정 속에서 공부해야 하는 어려움을 겪었습니다.

더구나 17살부터 폐결핵에 걸려 각혈을 하는 7년여 간의 투병생활로 정신 이상자로 몰리는 고통도 당했습니다.

가정이 어려워 고교시절에 미군 부대 하우스 보이로 미군들의 구두를 닦는 등 온갖 고생을 했습니다.

이 같은 어려움보다 더 큰 아픔이 있었습니다.

아버지가 6.25때 공산당으로 몰려 남한 정부에 총살당했기 때문에 빨갱이 가족이란 빨간딱지가 붙은 것이었습니다.

일반 대학을 나와도 사회생활이 제한되기 때문에 저처럼 어려운 사람들을 도울 수 있는 목회자가 되기 위해 신학대학을 나왔고 빨갱이 가족 낙인으로 한국에서는 일을 할 수 없다는 생각으로 미국에 왔습니다.

임용근

1966년 6월 빈털터리 무일푼으로 미국에 온 후에도 초기에는 청소, 정원일, 세탁일, 페인팅 등 온갖 궂은일을 다했습니다.

그러나 큰 산 밑에는 큰 계곡이 있는 것처럼 이같은 큰 어려움을 겪었기 때문에 그 후에 아메리칸 드림을 이루고 한인 정치인으로도 미국 한인 이민사에 새 역사를 기록했다고 믿습니다.

특히 그 시련과 고통 속에서도 "흐르는 물은 썩지 않는다.", "하늘이 끝이다."라는 인생철학으로 항상 쉬지 않고 달려왔습니다.

비록 넘어져도 오뚝이처럼 일어나 새 도전을 해왔습니다.

저의 성공보다 그 동안 많았던 실패와 고난들을 교훈 삼아 지금도 어려운 처지의 많은 사람들에게 꿈과 소망과 용기를 주고 싶습니다.

특히 후세들에게 새 비전과 도전을 주어 한인 정치인들이 더 많이 탄생하길 바랍니다. 이것이 바로 제가 부족하지만 제 삶의 이야기를 쓰는 목적입니다.

뒤돌아볼 때 이 모든 것은 다 하나님의 뜻이었습니다.

하나님은 부족한 저를 사용하셔서 한인사회뿐만 아니라 미 주류사회에서도 봉사케 해 오리건주 상·하원 5선이라는 새 역사를 이루게 했습니다.

60년동안 함께 하고 있는 사랑하는 아내에게도 감사합니다.

동고동락하면서 외나무다리를 건너 듯 아슬아슬하게 넘긴 세월도 있었습니다.

산전수전 겪으면서 두 손 맞잡고 서로 손을 놓지 않아 오늘에 이르렀고 저와 아이들을 위해 일생을 수고해주었습니다.

정치생활을 떠난 지 올해로 18세가 되었습니다.

그러나 비록 뒤에 물러서 있지만 아직도 미주류사회와 한인사회를 위해 할 일이 많이 있다고 믿고 나름대로 힘써 일하고 있습니다.

일선에서 직접 정치 생활을 한 것도 중요했지만 지금처럼 2선에서 이름도 없이 명예도 없이 사회봉사를 하고 후배들에게 앞길을 열어주며 용기와 희망을 가질 수 있는 멘토가 되는 것도 중요하다고 믿습니다.

성경에서도 모세는 80세에 이스라엘 백성을 이끌고 40년동안 출애굽을 했습니다.

85세의 갈렙은 "이 산지를 내게 주소서" 외치며 난공불락 헤브론 정복에 나가 승리했습니다.

하나님은 나이를 보지 않고 사용하시고 계십니다.

저도 나이와 상관없이 하나님 나라와 한인사회, 미 주류사회, 나아가 조국의 발전과 평화통일을 위해서 크고 작은 도구로 계속 써 주시길 기원합니다.

지금까지 저를 위해 물심양면으로 도와주신 분들이 너무 많아 다 이름을 말할 수 없습니다.

부족한 저를 위해 그동안 적극 후원해주시고 협조해주신 모든 분들에게 이 책을 빌어서 진정으로 다시 감사드립니다.

책 발간을 위해 수고해주신 이동근 전 시애틀 중앙일보 편집국장에게도 감사합니다.

'버려진 돌'이라도 하나님은 요긴하게 쓰십니다.

2022년 9월
오리건주 그레샴에서

KATE BROWN
Governor

Congratulations to Senator John Lim on the publication of his autobiography, *Rejected Stone*. Senator Lim's life is a parallel to the biblical story the title references. Readers, especially those in the United States, South Korea, and Asia, will enjoy the moving personal story of the many challenges that Senator John Lim faced early in life and how he overcame them to become the first, first-generation Korean American to be elected as a state senator in the United States.

It was my privilege to work with Senator Lim for many years in the Oregon State Senate. Although he and I represented opposing parties, our relationship over the years was close, collegial, and respectful. He was always willing and able to work across the aisle for the common good of all Oregonians. To this day, I value his integrity and his humor, and I always enjoy seeing him at the many charitable and social events he remains active in today.

Again, congratulations Senator John Lim on the publication of your autobiography. Thank you for your exceptional service to the people of Oregon and to the thousands of Korean Americans in our state. I wish you the very best.

Kate Brown
Governor of the State of Oregon

■ 책 발간을 축하합니다.

전라남도

희망의 씨앗이 된
마음 속 큰 울림

전라남도지사 **김영록**

　존경하는 임용근 전 오리건주 의원님의 자랑스러운 발자취가 담긴 『버려진 돌 임용근 스토리』발간을 진심으로 축하드립니다.

　임용근 전 의원님께서는 어려운 가정형편으로 어린 시절 미군에서 잔심부름을 하다 폐결핵에 걸리고, 무일푼으로 미국에 건너가 1세대 이민자로서 온갖 궂은일을 하면서도 꿈을 잃지 않으셨습니다.

　갖은 시련과 역경에도 굴하지 않고 묵묵히 삶에 최선을 다하시며 오리건주 상·하원 5선까지 성공하신 의원님의 스토리는 미국으로 이주한 한인의 마음속에 큰 울림을 남기시며 희망의 씨앗이 되었습니다.

　전라남도와는 아주 각별한 인연을 이어오셨습니다. 1995년 상원의원 재직 시절 전라남도와 오리건주가 자매결연을 체결하는 데 귀한 역할을 해주셨습니다. 2019년에는 오리건주 내 한인 지도자로 구성된 문화사절단을 이끌고 전라남도를 방문하셔서 두 지역의 지속적인 교류와 협력을 위해 힘써주셨습니다.

　이 책에는 의원님께서 일구어낸 값진 삶의 발자국이 고스란히 담겨있습니다. 의원님께서 걸어가신 길을 따라가다 보면 마태복음의 '버려진 돌'이 '모퉁이의 머릿돌'이 되기까지의 여정이 생생히 그려집니다. 의원님의 굳은 신념과 용기는 우리 시대를 넘어 후대에도 진한 감동을 전해줄 것입니다.

　앞으로도 한인사회를 이끌어주는 굳건한 버팀목이자 대한민국과 미국을 이어주는 든든한 가교가 되어주시길 바랍니다.

　거센 풍파를 이겨내고 도전하는 삶의 가치를 일깨워주는 이 책이 지금의 위기를 넘어 빛나는 미래로 나아가기 위한 올바른 길잡이가 될 것이라 믿습니다. 감사합니다.

"noteworthy accomplishments—both political and personal"

Greg Caldwell(Honorary Consul for the Republic of Korea in Northern Oregon)

Senator John Lim has an impressive record of noteworthy accomplishments—both political and personalin the State of Oregon and when he informed me that his autobiography was to be published soon, I was enthralled.

This is the rags—to—riches story of a young immigrant from Korea whose affable manner, hard work, and dedication to his family and community led him to many firsts, including as the first Korean—American to become a state senator in the US.

I am privileged to know Senator Lim and his work.

He is a man of conscience and integrity who has used his skills to bring people of Korea and the US to a better understanding of and appreciation for each other.

"아메리칸 드림 이룬 진정한 승리자!"

김헌수 (오레곤 한인회장)

아메리칸 드림 성공신화를 이루신 임용근 의원님의 '버려진 돌' 스토리 출간을 진심으로 축하드립니다.

80대 인생이 함축된 임의원님의 파노라마 같은 삶의 족적은 이민생활의 교과서이자 동포사회의 유산입니다.

'버려진 돌'이 섬세한 조각품으로 다듬어져 머릿돌이 되었고 생동감 넘치는 한 편의 서사시로 동포들에게 꿈과 희망과 용기를 주는 디딤돌이 되었기에 임 의원님의 삶은 동포들에게 귀감이 되어 존경과 박수를 받고 있습니다.

오리건주 5선 의원의 영예롭고 화려한 관록은 미 주류사회에 한국인의 위상을 드높였고 동포들에게 자긍심을 심어주었으며 자랑스런 한국인으로서 감동과 기쁨을 안겨주었습니다.

임 의원님의 영화 같은 스토리 속에는 나의 삶도 일부나마 함께 묻혀있음을 기쁘게 생각합니다.

언론인으로서 반평생 동안 지켜본 임 의원님의 눈부신 활동 가운데는 오리건주 윌슨빌 타운센터공원 안에 건립한 한국전쟁기념공원과 역사관 건립을 비롯하여 오리건주 한인의 날 입법제정, 현대전자 유진공장 유치, 세계 한인 정치인협회 창립 등 괄목할만한 업적들이 기억에 남습니다.

정계 일선에서 물러난 후에도 최근까지 한인회 고문을 맡아 후배들을 지도하고 동포사회 발전을 이끌면서 100세 인생을 다시 뛰고 있는 뜨거운 열정과 헌신에 존경과 박수를 보냅니다.

드라마틱한 삶을 쓴 회고록 '버려진 돌'은 동포들의 삶의 표본이 되어 가치 있는 소중한 역사의 조각들을 맞춰주는 기록물로 보존되어 동포사회 유일한 유산이 될 것입니다.

'버려진 돌'은 여주 시골에서 태평양을 건너와 청소부로 시작하여 정계에 우뚝 선 성공한 정치인의 치열한 전쟁 속에서 승리한 생생한 성공전략이 담겨 있는 감동과 교훈을 주는 이민 교과서로 보존될 것입니다.

다시 한번 출간을 축하드립니다.

■ 책 발간을 축하합니다.

"희망과 용기와 꿈을 준
성공신화 주인공"

이수잔 (시애틀 워싱턴주 한인회 이사장,
제46대 시애틀워싱턴주 한인회장)

임용근 전 오리건주 상원의원님의 자서전 〈버려진 돌 임용근 스토리〉 발간 소식에 큰 기쁨으로 진심으로 축하를 드립니다. 임 의원님은 미주 한인들은 물론이고 모든 사람들에게 '희망과 용기와 꿈을 준 성공신화의 주인공'이십니다.

미주 한인이민 역사상 최초로 이민 1세로서 당당하게 오리건주 상원과 하원의원 5선이라는 금자탑을 이루셨습니다.

한인 최초로 오리건주 연방 상원 본 선거에 진출하는 쾌거를 이뤘고, 오리건 주지사에 도전하는 등 실패 속에서도 포기하지 않는 그의 삶은 역경 속에서도 포기하지 않고 도전하는 한인들의 강인한 정신의 표본이셨습니다.

임의원님이 한국에서 여러 어려움과 시련을 극복하고 무일푼으로 미국으로 건너와 청소부,페인팅 일 등 온갖 어려움을 겪으면서 주류사회 정치인이 되는 '아메리칸 드림'을 이루신 성공 스토리는 그야말로 '도전과 성공'의 역사 자체입니다.

저도 40여년동안 시애틀 워싱턴주 한인회장, 워싱턴주 한인상공회의소 회장, 민주평통 시애틀 협의회장 등 여러 분야에서 봉사해왔기에 임의원님의 그동안 헌신을 누구보다 더 잘 알고 있으며 후배로 많은 것을 배우고 있고 서북미 한인동포의 한사람으로서도 진심으로 존경심을 표합니다.

임의원님이 앞으로도 계속 건강하셔서 한인사회뿐만 아니라 미국과 한국의 발전에도 이바지 하시길 기원하며 특히 이번에 발간된 자서전이 전 세계의 많은 사람들에게 새로운 비전과 도전, 꿈을 전해주길 간절하게 바랍니다.

"미국 이민자의 거목"

김혜자 (오레곤 문인협회장)

세상엔 수많은 이야기가 있습니다. 슬픔과 절망을 주는 이야기도 있지만 새로운 교훈과 밝은 희망을 주는 이야기도 있습니다.

미국 한인 이민 사상 최초의 오리건주 상.하원 5선을 하신 임용근 의원님의 이야기는 휘몰아치는 대한민국 역사와 함께 첫 미국 이민자들이 걸어온 길잡이의 등불로 빛나고 있습니다. 인생 최고의 모습입니다.

"가난하게 태어난 건 당신 잘못이 아니지만,죽을 때까지 당신이 가난하다면 그건 당신 잘못이다."라는 인생의 진리는 임용근 의원님의 인생 목표였습니다.

애당초 위인이라는 훌륭한 인물은 그냥 나타나는 것이 아닙니다. 역사적 시대 상황, 성장 과정,가족과 주위 환경의 영향을 받는 것입니다.

소박한 농촌 마을에서 태어나 일찍 부친을 잃은 가난한 임용근 의원님은 잔인한 수레바퀴가 쉼 없이 굴러도 연속되는 실패와 고난에 굴복하지 않고 긴 세월을 헤쳐 오며 성공하신 대한민국을 대표하는 미국 이민자의 거목이십니다.

9월의 미국 오리건주 햇살은 맑고 쾌청합니다. 하늘이 높고 날씨가 좋아서 뿐만 아닙니다. 만추의 계절을 맞는 향기가 가득하기 때문입니다.

가을이 익어가는 계절, 아메리카의 꿈을 이루신 임용근 의원님과 부인 임영희(Grace Lim) 시인님과 함께 아름다운 마음을 나누는 '오레곤 문인협회' 이끌어나가는 행운의 영광을 누려봅니다.

대한민국의 자랑이신 임용근 의원님, 젊은 시대에 큰 그늘이 되시는 임용근 의원님의 자서전 '버려진 돌(Rejected Stone)' 출판을 진심으로 축하드립니다.

아울러 함께 감사를 표할 수 있도록 지면을 주심에 또한 머리 숙여 감사드립니다. 더욱 건강하시어 천수를 누리시며 만수무강하시기를 오리건 문인회를 대표하여 기원합니다.

차례

1부

꿈이 없다면 아무 것도
이룰 수 없다.

또 다른 꿈에 도전하다

With Best Wishes!   Senator John Lim
P.O. Box 1615, Gresham, Oregon 97030 USA   District 11

오리건주 상원의원 시절 공식 사진

1992년 또 새로운 꿈에 도전했다. 당시 그 꿈은 미 주류사회에서조차 불가능한 것이라고 보았다. 많은 한인들도 한번 실패했던 이전의 꿈을 보고 다시 허황된 꿈을 꾸고 있다고 비난했다.

그 새로운 꿈은 오리건주 상원의원에 출마한 것이었다. 백인도 아니고 영어도 유창하지 못하며 미주류사회에서 활동한 경력도 없고 이미 한번 주지사 선거에서도 실패했었기 때문에 당선 가능성은 전혀 없어 보였다.

드디어 선거일인 11월 2일. 나의 꿈이 허황된 것인지 아닌지 확인되는 날이었다. 그날 내가 살고 있는 오리건주(Oregon) 포틀랜드(Portland) 인근 그레샴(Gresham)의 날씨는 비도 오지 않은 맑은 날씨였다.

이날 실시된 본선거가 오후 8시에 끝나고 개표가 발표되기 때문에 개표 결과를 지켜보는 '선거의 밤 파티'(election night party)가 열리는 그레샴 골프장 라운지로 아내와 함께 갔다.

그곳에는 우리 선거구 60여명이 모여 있었다. 이중 50여명은 그동안 나의 선거운동을 무보수로 도와준 이 지역 지도자들이었다. 한인들도 10여명이 와서 결과를 기다리고 있었다.

그동안 선거운동에 최선을 다했다고 믿었다. 그러나 나의 약점을 알기 때문에 모든 것을 하나님의 뜻에 맡기고 기도할 수밖에 없었다.

당선이라는 결심을 가지고 뛰었을 뿐 당선된다는 것은 알 수 없었다. 그래서 결과를 기다리는 데 흥분되지도 않았다. 단지 이겼나, 졌나 하는 관심만 가지고 차분히 결과를 기다렸다.

유권자들을 찾아다니며 선거 운동을 하고 있다.

나의 경쟁자는 Mc Falin 여성으로 오리건주 상원의원을 역임하고 3개 카운티를 합한 현 매트로 의원인 민주당 막강 후보였다.

더구나 출마한 11 선거구는 전통적으로 민주당 표밭이었기 때문에 공화당인 나에겐 너무 불리했다.

초조한 가운데 드디어 첫 개표 발표가 나왔다. 놀랍게도 300여 표 중 그녀의 표가 100표, 내 표가 200표일 정도로 2배의 압승이었다.

개표 지역을 보니 우리가 그레샴으로 이사 오기 전 살던 포틀랜드 지역이었다.

순간 한 선거운동 여성이 나를 "Senator!"라고 외치며 기쁜 함성을 질렀다. 주위의 여러 사람들도 "Senator!", "Senator!"를 외치며 축하했다.

그동안 초조했던 개표장에는 일순간 터져 나온 기쁨의 환성들로 가득 찼다. 옆에 있던 아내도 축하의 포옹을 해주고 함께 기뻐했다.

그러나 아직 안심할 수 없어 그 곳에서 밤 10시까지 컴퓨터로 계속 개표 결과를 지켜봤다. 역시 개표 추세는 처음처럼 내가 두 배를 앞서고 있었다.

드디어 1992년 11월2일 미주 한인 이민사상 최초로 오리건주에 한인 상원의원이 탄생했다.

그것은 나의 꿈이 이루어진 것뿐만 아니라 모든 미주 한인들의 꿈이 이뤄진 역사적인 순간이었다.

1992년 로스앤젤레스에서 '로드니 킹' 사건으로 인종차별로 인한 폭동이 일어났을 때(4.29 폭동) 동쪽에서 뺨 맞고 서쪽에서 화풀이 한다고 백인에게 인종차별을 당하고 흑인들은 소수민족 중에 소수인 한인들에게 화풀이를 했다.

주로 한인들이 소유하고 있는 편의점을 많이 불태웠는데 남가주에서 편의점을 하던 내 처남 박광호 가게도 불로 전소되었다.

그러나 그 당시에는 한인을 보호해줄 정치적인 힘이 전혀 없었으나 나의 상원의원 당선은 미주 한인들의 희망이요 횃불이 되었다.

PART 2

아름다운 고향 여주

나는 고향이 2개가 있다. 제 1고향은 태어나고 자란 경기도 여주이고 제 2 고향은 미국에 온 후 56년째 살고 있는 오리건주 포틀랜드이다.

제 1고향과 제 2고향은 태평양을 사이에 두고 한없이 멀리 떨어져 있지만 항상 한 고향이었다.

미국에 온 후 초기 이민생활에서 어려울 때 마다 항상 한국의 고향은 어머니의 포근한 가슴처럼 위로와 용기를 주었다. 여주에 갈 때마다 한국의 놀라운 변천으로 인해 이제 옛적 고향의 모습이 점점 사라져 가고 있어 아쉽다.

그러나 마음속에는 어릴 적 뛰어놀고 시골길을 걸어 학교에 다니던 시절의 고향이 영원히 간직되어 있다. 그래서 나의 별칭인 호도 '여촌(여주 촌사람)'이다.

나는 1935년 12월 23일 경기도 여주읍에서 부친 임은규씨와 모친 정서녀 씨의 5형제 6남매 중 둘째로 태어났다.

서울에서 동남쪽으로 45 마일 떨어진 여주읍은 지금도 황포 돛대가 햇살이 눈부신 파란 강물위에 떠다니는 남한강 줄기가 서울로 흘러가고 여주 팔경이 있을 정도로 아름다운 산과 강이 있어 마치 내가 살고 있는 포틀랜드와 같은 분위기이다.

여주읍의 젖줄처럼 남한강이 한가운데를 흐르고 있어 옛날부터 땅이 비옥한 탓에 쌀이 유명하다. 또 한글을 창제하신 위대한 세종대왕 영릉과 명성황후 생가가 있다.

깎아지른 절벽 위에 세워져 있어 벽절이라고 부르는 신륵사, 신륵종성(신륵사에서 울려 퍼지는 종소리), '마암어화'(겨울철 꽁꽁 언 얼음 판위에 구멍을 뚫고 고기를 잡는 것), 그리고 '학동모연'(도자기를 굽는 학동 동네 공장에서 나는 검은 연기) 등이 유명하다.

남한강 뒤로 펼쳐져 있는 여주의 산들은 콜롬비아 강 뒤로 우뚝 솟아 있고 (11,249 피트, 3,429 m) 항상 사철 하얀 눈으로 덮여있는 오리건주 최고봉 마운 후드(Mt. Hood) 산이 있는 캐스케이드 산맥처럼 높지는 않지만 사철 아름답다.

이 산들 중 제일 높은 북선산 중턱에는 흔들바위가 있어 어릴 적부터 이곳에 자주 올라가 바위를 흔들며 즐거운 시간을 갖기도 했다.

서울에서 자동차로 1시간 거리인 여주는 지금도 인구가 11여만 명일 정도로 큰 도시는 아니지만 당시 여주읍은 3만 명 정도 밖에 되지 않는 시골이었다.

일제 강점기 시대였던 어렸을 적 동네에는 일본 2층 가옥이 한집밖에 없었고 기와집도 몇 채 밖에 없었으며 거의 모두가 초가집에 살았을 정도로 가난한 동네였다. 우리 집도 크게 가난하지는 않았지만 초가집에서 살았다.

동네에 우리 평택 임씨 가정은 많지 않았다. 평택 임씨는 중국에서 임팔급 중국인 선조가 조선 때 내려와 평택에 거주하면서 자손들이 이어졌다.

북벌정복으로 유명한 임경업 장군도 평택 임씨일 정도로 임씨는 국가에 충성한 사람들이 많다고 한다.

PART 3

소방대장 아버지, 고생하신 어머니

아버지는 일제 강점기 시대 때 소방대와 치안을 담당하는 경방대에서 근무하다 내가 9살 때 해방이 된 후에는 소방대장으로 일하셨다.

또 큰아버지와 함께 여주에선 처음으로 나무를 잘라 송판을 만드는 제재소를 운영하셨다.

지금도 생생히 기억나지만 아버지와 큰아버지는 말 두 마리를 길러서 동네를 타고 다니시고 시집가고 장가가는 사람이 있으면 말을 빌려줘 타고 가게 했다. 말 마차를 이용해 물건들을 운반하시기도 했다.

생전의 건강한 아버지 모습. 전쟁에서 모든 가족 사진이 불타 유일하게 남아 있는 아버지 사진이다.

아버지는 열심히 일하셨지만 남을 도와주는데도 인색하지 않으셨다.

언젠가 일제 강점기 말기에 배급이 나오지 않아 모두 죽을 쒀 먹을 때 아버지는 나에게 여주 시내 중심지 비각이 있는 골목에서 일하는 땜장이 할아버지에게 죽이라도 갖다 주라고 심부름을 시켰을 정도로 어려운 가운데도 인정이 많으셨다.

어머니는 전형적인 한국인 여성과 어머니 상으로서 평생 남편과 가족을 위해 자신을 희생하셨다.

가족을 위해 새벽부터 일찍 일어나 아궁이 불을 피우고 세수할 뜨거운 물과 식사를 준비하시고 저녁까지 빨래와 식사 등 온갖 집안 살림을 다하셨다. 어머니는 자녀들의 바지, 저고리, 버선까지 직접 다 만드셨다.

밤늦게 자다가 눈떠보면 어머니가 바느질을 하시고 계셨는데 또다시 자다가 눈떴을 때도 계속 바느질을 하시는 등 고생하셨던 모습이 선하다.

PART 4

공부와는 거리가 먼 소년

여주유치원에 다녔을 때

이런 가정에서 여주유치원(당시 여주감리교회)으로 시작하여 여주초등학교, 여주중학교, 여주농업고등학교를 다녔다. 초등학교 때부터 운동만 좋아하고 공부는 등한시 하였다.

운동은 철봉, 수평 등 기계체조를 잘해서 여주에 들어온 곡마단에서 서커스 단원들과 함께 묘기를 보였을 정도였다. 그래서 성적은 중간 이하였다.

그러다 여주중학교 입학시험에서 낙방하여 아버지에게 큰 야단을 맞았다. 아버지는 내 앞에서 한숨을 푹 쉬시고 반에서 몇명이나 떨어졌느냐고 물으셨다.

3명이 떨어졌다고 쉽게 말하자 아버지는 드디어 성을 내셨다.

"아니 네가 그 3명 중에 끼었단 말이야?"

"이놈의 자식아, 네가 공부는 안하고 원숭이처럼 철봉놀이만 하고 다닐 때 알아 봤다."

아버지는 곁에 있는 어머니에게 "당신이나 나나 이제 동네에서 창피해서 얼굴 들고 다니기는 다 틀렸어, 틀렸어" 소리치셨다.

나는 매 맞지 않은 것
만 해도 다행스럽게 생각
하고 "죄송합니다. 앞으론
잘할게요." 싹싹 빌었다.

조그만 여주 동네라
서로 잘 아는 사이기 때문
에 누구 집 아들이 중학교
에 떨어졌다고 금방 소문
이 나기 때문에 나는 물론

여주유치원 졸업 사진

이지만 우리 부모님도 정말 부끄러워 동네를 다니지 못하셨을 것이다.

다행히 부모님이 손을 써서 일반 학생 등록금의 2배를 내고 보결로
다시 입학하였다.

중학교에 가면 공부를 잘하겠다고 부모님에게 약속했지만 계속해
고등학교까지 공부는 하지 않고 운동에만 주력했다. 기계 체조뿐만 아
니라 축구도 잘했고 키는 작았지만 농구도 학교 선수로 뛰었다.

이상하게 공부하는 것은 취미가 없었다. 아니 공부를 하지 않았다.

선생님이랑 주위에선 공부를 잘해야 사회에서 훌륭한 사람이 된다
고 이야기 했다.

그러나 어떻게 해야 공부를 잘하는 지도 몰랐고 공부를 잘 할 필요
도 느끼지 못했다.

아마 가난한 시골에 살았기 때문에 어떤 자극이나 동기부여가 없어
그냥   학교만 오갔던 것 같다.

더구나 당시 한국을 이끈 정치인들이나 사회를 이끌어가는 지도자
들은 공부 잘하는 사람들보다 판단력이 있는 사람들이라고 생각했기
때문에 공부에는 열심을 하지 않았다.

성적은 항상 평균 정도였으나 국어, 영어, 수학은 흥미가 있어 고등
학교에서는 반에서 상급으로 성적이 올랐다.

PART 5

미국의 꿈이 자라다

어느 날 인생을 바꾸는 계기가 찾아왔다. 중학교 영어시간이었다.

막 ABCD 알파벳을 쓰는 것을 배울 때였다. 영어 선생님은 수업시간에 숙제를 검토하시며 다른 학생들에게는 알파벳을 잘 못썼다고 꾸중을 주셨다.

그런데 선생님이 "임용근"하고 내 이름을 불러 일어났더니 앞으로 나오라고 했다.

선생님에게 혼나는가 보다 하고 고개를 숙이고 조심스럽게 앞으로 나갔다.

전혀 생각지도 않은 말이 나왔다.

"임용근이 영어 알파벳을 아주 예쁘고 또박또박 잘 썼다. 다른 학생들도 용근이처럼 알파벳을 잘 써라, 알았나?"

선생님은 나의 숙제 물을 들어보시며 칭찬해 주셨다. 생전 처음 들어보는 칭찬이어서 너무 기분이 좋았다.

다른 과목은 몰라도 영어 과목은 모범생이 된 것이었다. 그때부터 영어를 더 잘하기 위해 사전을 뒷주머니에 넣고 다니며 영어 단어를 외우기 시작했다.

심지어 학교 화장실에서도 일을 볼 때 오랫동안 앉아 사전 단어들을 외며 공부했다.

언젠가 화장실 밖에서 책가방을 들고 내가 나오기를 기다리던 친구가 하도 나오지 않으니까 불쑥 내가 앉아 있던 화장실 문을 열고 들어

여주 초등학교 졸업을 앞두고

왔다가 사전으로 영어 단어를 공부하는 것을 보고 놀라기도 했다.

이 모습을 본 친구는 "용근아 이 자식, 너 정말 영어 공부에 미쳤냐? 정신 돌았냐?"라며 화를 내기도 했다.

나는 싫은 것은 하지 않지만 좋은 것은 미칠 정도로 열심히 하는 기질이 있다.

선생님의 칭찬으로 영어가 좋아졌고 열심히 하게 되었다. 한편으론 당시 한국이 가난해 세계에서 가장 부자 나라인 미국에 대한 막연한 동경도 작용이 되었다.

"언젠가 미국에 가서 잘 살 때가 있을 것이다. 그러기 위해서는 영어를 열심히 해야 한다."

어린 마음에도 미국의 꿈이 자라기 시작했다. 그러나 그 꿈이 이뤄질 줄은 전혀 상상도 못했다.

그렇게 가난하지도 않고 평화롭게 살던 우리 집안은 내가 초등학교 1학년 때 초가집을 팔고 울타리가 서로 맞대고 있는 큰아버지 집 옆의 큰 초가집으로 이사를 갔다.

부농은 아니지만 중간 정도의 큰 농사를 하신 큰 아버지는 여유가 있어서인지 우리 집으로 쌀도 갖다 주시는 등 많은 도움을 주었다.

그러나 우리 집안이 큰 아버지 집의 신세를 진다는 것이 싫었다.

집도 서로 붙어 있어서 매일 오갈 정도인데 경제적으로 독립하지 못하고 우리 집이 큰 아버지 집 신세를 진다는 것이 자존심 상하고 기분 좋지 않았다.

2부
고통과 시련의 연속

6.25 전쟁의 비극

이처럼 우리 집은 큰 아버지 집과 함께 평화롭게 살았으나 내가 14살 중학교 2학년 때인 1950년 6월25일 전쟁이 터지는 바람에 큰 시련을 당하게 되었다.

고등학교 동창회 모임

전쟁이 일어나자 아버지는 가족들을 선조들이 살았던 10리 밖 오계리 산속으로 피난가게 했다.

당시 우리가 가지고 있던 식량인 30개 정도의 볏 가마는 큰아버지 제재소 지하에 묻고 흙으로 덮어 아무도 모르게 했다. 나중에 돌아와 보니 이 볏 가마들은 쥐들이 조금 먹었을 뿐 이상이 없었다.

그러나 아버지는 피난을 가지 않으셨다. 전쟁이 나자 군인, 경찰, 공무원들은 공산군을 피해 모두 피난을 갔으나 아마 아버지는 소방대원이었기 때문에 무사할 것이라고 판단하신 모양이었다.

피난간지 며칠 후 우리가 숨어있던 곳으로부터 강 건너 북쪽에서 총소리와 대포 소리가 많이 들렸다. 여주가 공산군에게 함락 당했다는 소식이 들렸다.

산속 피난생활 동안 나는 매일 지게를 지고 산에 올라가 땔감 용 나무들을 채취해 와야 했다.

그 후 아버지가 공산당 완장을 차고 인민군 소방서에서 같이 일한 것을 누가 봤다는 소리가 들렸다.

인민군이 들어온 후 여주에서 큰 농사를 하고 있는 큰아버지를 인민을 착취한 자본가로서 처형하려 했으나 아버지가 인민군에 협조한 바람에 무사했다는 소리도 들렸다.

공산군이 여주를 점령한 후 우리는 다시 여주 집으로 돌아왔다.

마을에 있는 인민군들은 매일 매일 주민들을 모이게 해서 공산 교육을 시켰다.

"아침은 빛나리—" 인민군 승전가와 김일성 찬양 노래를 들려 줘 지금도 기억이 날 정도다.

PART 7

폭격으로 지옥으로 변한 여주

어느 날 큰 아버지가 밭에서 일하는 일꾼들에게 밥을 주도록 심부름을 시켰다. 걸어서 30분쯤 여주읍을 벗어났는데 낮 12시쯤 갑자기 하늘에 큰 B-29 폭격기 3대가 나타났다.

하늘을 쳐다보는 순간 폭격기에서 맥주병 같은 폭탄들이 일렬로 무수하게 "샷샷" 하는 기분 나쁜 소리를 내며 떨어지기 시작했다.

잠시 후 꽝꽝하는 거대한 폭발음과 함께 엄청난 연기와 불길이 여주시내 곳곳에 일기 시작했다.

순간적으로 집 가족이 걱정이 되어 밭에 가다가 말고 다시 여주로 되돌아 뛰어가기 시작했다.

여주 시내에 들어서자 아비규환의 장면이 눈앞에 펼쳐졌다. 검은 연기와 불길이 곳곳에 솟구쳤고 화약 냄새가 진동했다.

폭격으로 파괴된 건물 옆에서 여러 명이 벌써 피투성이가 되어 죽어 쓰러진 것이 보였다.

어떤 사람은 다리가 폭발로 날아가 버려 몸뚱이만 남아 있는 채 죽어 있었다. 정말 평생 잊지 못할 처참한 광경이었고 지옥이었다.

한 남자는 팔이 잘라져 나가 고통으로 울부짖고 있었다. 많은 사람들이 폭격이 끝나자 가족들을 찾아 나서 아비규환을 이루고 있었다.

여주 국회의원인 김의준 의원의 부인은 아들이 죽었다고 울부짖으며 피투성이 된 아들을 나에게 묻어달라고 사정하기도 했다.

그러나 우리 집 식구들이 더 걱정이 되어 그냥 집 쪽으로 마구 달려갔다.

　가는 도중에 보니 강 건너 그릇 굽는 도기 공장은 폭격으로 아예 다 폭삭 사라져 버렸다.

　우리 옆집에 있는 친구 집에도 폭탄이 떨어져 가족들이 모두 몰살당했다.

　다행히 우리 집과 인근에 있던 감리교회는 파괴당하지 않았다. 높은 비행기에서 어떻게 여주 시내 여러 곳을 정확히 폭격할 수 있는지 신기했다.

　친구 집이 폭격으로 무너져 가족들이 모두 죽은 것을 보며 놀라지 않을 수 없었다.

　왜냐하면 그 집에서 친구와 놀기로 되어 있었는데 큰 아버지가 심부름을 시킨 바람에 참변을 모면 한 것이었다. 정말 하나님이 살려주셨다.

　집에 도착하니 어머니가 화약 연기 먼지를 뒤집어쓰고 있어 마치 얼굴이 흑인처럼 까맣해져 있었고 넋을 잃고 눈만 깜빡이고 있다가 나를 보고 반가워하였다.

　다행히 우리 가족은 여주 폭격에서 무사해 모두 안도의 기쁨을 나누었다. 그러나 전쟁의 비극이 이제부터 시작될지는 아무도 몰랐다.

PART 8

빨갱이로 몰려 처형된 아버지

공산군의 점령 3개월 후 9.28 수복이 되었고 UN군이 여주로 들어왔다. UN군이 들어오자 큰 아버지는 인민군 통치 시절 소방대장으로 일했던 아버지에게 공산군과 협조한 빨갱이로 몰릴 수 있으니 잠깐 피하도록 요구했다.

그러나 아버지는 이를 거절해 결국 남한 정부에 의해 빨갱이로 몰려 처형되셨다.

어느 날 우연히 큰 아버지와 아버지의 대화를 들을 수 있었다. 큰아버지는 UN군이 들어오니 잠깐 어디로 피하라고 하면서 그렇지 않을 경우 여주 시내 얼음 창고에 북한군이 수감시킨 남한 인사들을 풀어주라고 말했다.

그럴 경우 나중에 그 공이 참작 될 수 있기 때문이었다.

그러나 아버지는 자신도 그렇게 해보려했으나 그곳 경비가 삼엄해 할 수 없다고 말했다. 또 "내가 뭣을 잘못했는데 피하느냐"라고 오히려 반문했다.

"소방대원으로서 불 끄는 게 국방군 불이 따로 있고 인민군 불이 따로 있습니까? 나는 절대 흔들리지 않습니다. 신고하라면 신고하라고 하세요. 나는 아무 죄도 없습니다. 이놈의 더러운 세상!"

아버지는 잠시 피하라는 큰 아버지와 어머니의 말도 듣지 않으셨다. 양심상 자신은 공산당과 한통이 아니라고 생각했는지 모른다.

사실 당시 같이 인민군과 일하던 소방대원들은 모두 이미 피한 상태였다. 아버지의 고집을 꺾을 수 없었다.

며칠 후 어느 날 어머니는 안계시고 나와 아버지가 함께 집 곳간에서 썩은 감자들을 골라 버리는 일을 하고 있었다. 그런데 연락도 없이 집으로 청년 두 사람이 찾아왔다.

경찰서 형사들이었다. 이들은 아버지에게 잠깐 가자고 요청했다. 아버지는 반항도 하지 않고 순순히 이들을 따라가셨다.

그러나 나는 걱정이 되어 "아버지"하고 소리치며 집밖으로까지 따라 나갔다.

아버지는 그들에게 양팔을 잡힌 채 따라가면서 몇 번이나 뒤돌아보고 "집으로 돌아가, 빨리 돌아가"라고 안심시켰다.

나는 집 멀리까지 떠나시는 아버지의 뒷모습을 오랫동안 걱정스럽게 지켜봤다. 그것이 아버지의 마지막 모습이 될 줄이야 꿈에도 상상을 못했다.

당시 아버지는 42세였고 나는 아직 14살 어렸지만 남북 관계 상황을 대강 알고 있어 아버지가 인민군과 함께 일했기 때문에 체포되어 간다는 것을 알 수 있었다.

아버지는 여주 교도소에 수감되었다. 가족들은 아버지가 아무 죄도 없으니 풀려 나올 것이라는 막연한 생각을 하였다.

그러나 나보다 3살 더 많은 친구 한명은 "네 아버지 큰일 났다. 어떻게 해 봐라. 아버지 구명운동을 하지 않으면 처형당할 수 있다."라고 말하기도 했다.

그러나 그게 무슨 소리인 줄 몰랐다. 또 왜 잘못도 없는 우리 아버지가 처형당하느냐고 오히려 반문했다. 더구나 어떻게 구명 운동을 하는 지 아무도 몰랐다.

PART 9

40여명 뒷산에서 총살 처형

아버지가 끌려가신 후 일주일 전후해서 어느 가을날 밖에 나갔다 집에 돌아오니 어머니가 집 밖 길거리에서 "아이고 아이고" 하며 땅을 치며 통곡을 하고 계셨다.

그것은 큰 소리의 울음소리가 아닌 깊은 내면에서 나오는 슬픔과 한 맺힌 통곡이었다.

달려가 어머니에게 이유를 물으니 아버지가 어제 사직당이 있는 뒷산에서 처형을 당하셨다고 애통해 하셨다. 사랑하는 남편을 비참하게 잃고 눈물을 쏟으시며 큰 소리로 절규하던 그 어머니의 애통한 모습을 평생 잊을 수 없다.

할머니도 어제 향교가 있는 샘물 지역에서 총소리가 많이 나는 것을 들었다고 했다.

경찰이 아버지를 포함해 공산군에게 협력한 40여명을 뒷산 중간 쯤 낮은 공터에서 총살을 하고 그냥 버렸다는 것이었다.

큰 아버지와 친지 어른들은 다음날 그 형장에 찾아가 총 맞고 피 흘려 죽은 많은 시신들에서 아버지를 찾았다. 아버지는 대머리였고 가슴에 털이 많고 체격이 좋아 쉽게 찾을 수 있었다.

더구나 아버지의 얼굴은 칼로 난도질 되어 있는 참혹한 모습이었다고 한다. 아마도 여주 경찰서 요원들이 아버지를 데려가 고문하면서 잘못을 시인하지 않자 칼로 얼굴을 난도질 하는 악질적인 학대까지 자행하고 총살한 것 같았다.

얼굴뿐만 아니라 아마 온 몸을 고문으로 난도질 했을 것이라고 상상하면 정말 치가 떨린다.

이같은 사실은 10년전 100세에 돌아가신 큰 어머니가 돌아가시기 전 뒤늦게 나에게 알려준 사실이었다.

아마 당시에 이런 비참한 아버지의 모습을 가족에게 알렸다면 아마도 우리 가족들은 미치고 복수에 차 어떤 짓을 저지를지 몰라 오랫동안 숨겨두고 말하지 않은 것이었다.

그러나 당시 우리 가족들은 아무에게 항의하거나 하소연 하지도 못했다.

애통함과 슬픔 속이었지만 아무도 모르게 여주 오계리 선산 묘지에 아버지 묘지를 만들고 매장했다.

아버지가 처형당한 장면은 보지 못했지만 지금도 그 생각을 하면 가슴이 찢어진다.

40대 젊은 나이에 사랑하는 아내와 자녀, 늙은 부모님을 두고 처형장으로 끌려가던 아버지의 마음을 생각하면 지금도 눈물이 난다. 정말 한 가족 뿐만 아니라 한민족 역사의 비극이다.

PART 10

처형장 끌려가던 아버지

아버지가 수감되어 있었던 교도소에서 처형당한 마을 뒷산까지 가려면 항상 아버지가 말을 타고 다니셨던 길로 가야 했다.

그 길은 우리 집과 큰아버지 집이 있는 옆으로 해서 큰아버지와 함께 일하던 제재소 옆을 지나고 개천 다리를 건너 샘터와 사직당이 있는 산으로 올라가야 했다.

아버지는 포승으로 손과 발이 꽁꽁 묶인 채 길을 걸어서 끌려갔거나 차에 태워 갔는지 모른다.

그러나 가족이 있는 집 옆을 지날 때 사랑하는 아내와 자녀들에게 마지막 인사도 하지 못하고 총살 처형을 당하러 가는 그 심정 어떠했을까?

끌려가면서도 집 쪽을 보며 고개를 몇 번이나 돌리고 참담하고 애통한 눈물 속에 발을 옮기셨을 것이다. 아마 죽는다는 두려움 보다는 집 쪽을 보며 사랑하는 아내와 자녀들의 모습이 조금이라도 보일까 봐 몇 번이나 뒤돌아 보셨을 것이다.

항상 자신이 일하고 놀던 장소를 지나고 새벽에 약수를 길러가고 등산을 하던 추억 많은 아름다운 뒷산에 총살을 당하러 끌려가야 한다니- 그 아버지의 마음은 처참하게 찢어졌을 것이다.

당시 어려서 아무것도 할 수 없었던 나도 지금 다시 생각하면 눈물이 나고 애통함에 한이 맺힌다.

아버지는 남한 정부에 처형당하기 전에 충분히 피신을 할 수 있었다.

그러나 그 경우 군인들과 경찰이 어린이 포함 온 가족들마저 죽인다는 소리를 들었기 때문에 우리 가족들을 위해 혼자 희생하신 것이었다.

사실 당시 여러 마을에서 어린 3살 어린이가 있는 가족까지 총살을 했을 정도로 빨갱이 보다 더 악한 짓을 한 경찰들도 많았다.

당시 법치국가인 이승만 남한 정부가 비록 공산당에게 협조한 사람들이라도 공정한 혐의나 재판도 없이 무조건 처형을 한 것은 잘못이다.

이것은 북한이 남한 인사들을 무조건 처형한 것과 전혀 다른 것이 없다.

6.25 전쟁으로 인한 양민학살 수는 수백만 명으로 추산되고 있으나 아직도 정확한 통계는 없다.

남한 인사들을 처형시킨 인민군뿐만 아니라 미국 AP통신 보도를 통해 1950년 7월말 미군이 충북 영동군 노근리에서 400여 명의 양민들을 집단 학살한 사건이 확인된 것처럼 미군 측에서도 자행되었다.

우리 아버지처럼 국군과 경찰 측에 의해서도 자행되었던 한민족 전체의 비극이었다.

한국 국회는 전쟁기간 중 북한군에 부역한 국민에 대하여 부당하게 처리하는 폐단이 없도록 1950년 9월 17일 부산에서 '부역행위특별심사법령'과 함께 '사형금지법령'을 제정하였다고 한다.

그러나 이러한 법에도 불구하고 여러 지역에서 경찰 등이 정당한 절차 없이 처형을 자행했다고 한다.

6.25 전쟁 후 72년이 되어도 한국 정부는 양민 학살에 대한 진실 규명과 반성이 없었다.

이제 나의 아버지처럼 당시 군인이나 경찰에 의한 양민학살의 기록을 찾고 공개할 때가 되었다고 주장한다.

아버지는 전쟁 전 사회 청년단원으로도 봉사하셨기 때문에 전쟁 통에서도 뭔가 순수하게 봉사하고 싶었는지 모른다.

　　그러나 시대를 잘못 태어나 그 봉사가 봉사로 받아들이지 못하고 배반자라는 낙인으로 처형당하지 않았나 생각된다.

PART 11

낙인찍힌 빨갱이 가족

아버지의 처형으로 우리 가정은 그때부터 빨갱이 가족이라는 낙인이 찍혔다.

그날 마침 길에서 슬피 우시던 어머니와 우리를 보던 J 형사는 "너희는 빨갱이 집안이니 소련으로 가라"라고 소리 질렀다.

우리를 비꼬고 조롱하며 내뱉은 그 형사의 그 말을 평생 잊지 못한다.

그 후 우리 집안은 '빨갱이 집안'이라는 법적인 누명을 갖고 살아야 했다. 빨갱이 집안 호적에는 빨간 줄이 그어져 있다는 말이 있었는데 실제로 우리 집안 기록에는 빨갱이로 표시되어 있는 것을 확인 할 수 있었다.

군대에 징집되어 신체검사를 하러 갔는데 2번이나 빨갱이 집안이라는 기록이 있었다.

심지어 이런 일도 있었다. 전두환 대통령 시절 안세훈 시애틀 총영사가 나를 본국 대통령 자문기관인 평통위원으로 추천하였다.

그러나 나중에 안총영사의 전화가 왔다. 그는 죄송하다며 집안에 그런 기록이 있는 줄 몰랐다고 말하고 평통위원 추천을 취소했다.

빨갱이 집안 기록으로 인해 미국에서까지 피해를 입은 것이었다.

그 이후 지금까지 나는 서북미 평통위원으로 거론조차 되지 않고 있다. 그러나 본국 평통위원 대신 미주류사회의 정치인이 되었으니 이것도 더 크게 쓰시려는 하나님의 뜻이었다고 감사하고 있다.

1989년 세계 한인회 총연 총회장으로서 세계 한민족 대회를 워싱턴 DC에서 개최했다.

당시 공산권을 비롯하여 여러 나라 대표들이 참가했는데 한국 대사관에서 압력이 들어왔다.

참가한 한 여성이 북한에 회사를 차린 친북한 파라며 초청을 취소하지 않으면 나의 부모님 기록에 이상이 있는 것을 폭로하겠다는 식으로 압력을 가했다.

그러나 이에 굴하지 않고 공산권 포함 세계 각국의 한민족 대표들을 초청해 대 화합의 장으로 마련했다.

한국에서 1980년부터 '연좌제'가 풀렸다고는 하나 아버지로 인해 이처럼 간접적인 피해를 당한 것이었다.

확실한 죄목도 없이 총살당하신 아버지의 한을 풀고 우리 가정의 명예 회복을 위해 노무현 대통령 시절인 2007년 3월에 주하원으로 한국 '과거 청산 진실화해 위원회'에 부친의 처형에 대해 진상을 조사해달라고 요청했다.

미국에 온 후 한국에 있는 지인이 자기 아버지도 전쟁에서 처형당했으나 시신도 찾지 못해 한국 정부에 청구한 결과 보상금 1억원을 받았다는 연락이 왔기 때문이었다.

그러나 늦게 알고 청구한 탓인지 당국은 이미 시효가 지났다며 아무런 조치도 없었다.

그래서 직접 하원의원 시절 한국에 나가 '과거 청산 진실화해 위원회' 위원장과 직원들을 만나 상세한 이야기를 들었다.

그 결과 이미 시효가 지난 것도 알게 되었다. 이들은 오히려 그 일 때문에 한국의 우파로부터 빨갱이들에게 왜 보상까지 해줘야 하느냐는 공갈 협박까지 받았다고 말했다.

정말 아버지가 공산당원 이었는지, 인민군에게 무슨 협력을 했는지 알고 싶다.

당시 아버지는 피하라는 큰 아버지의 요청도 거절하고 잘못이 없다고 남아있었다.

과연 무엇을 잘못했다는 증거가 있는지, 아니면 누가 개인감정으로 아버지를 밀고하지 않았는지를 알고 싶어 진상을 요청했다.

그러나 현재까지도 무성의하게 아무런 회신조차 없다.

PART 12

아직도 사과 없는 한국 정부

　미국의 경우 제 2차 세계 대전 중 일본의 진주만 공습 2달 후인 1942년 루즈벨트 대통령의 행정명령에 따라 12여만 명의 일본계 미국인들을 아이다호, 워싱턴주, 캘리포니아 등에 강제 수용했다.

　그러나 종전이후 1988년 로널드 레이건 대통령이 공식적으로 이 사건에 대하여 사과를 했고 1인당 2만 달러의 보상금이 지급되었다. 나는 TV를 통해 대통령의 사과를 직접 보았다.

　미국의 경우 수용소에 수감했지만 사람을 죽이지는 않았으며 종전후 사과하고 보상까지 했다.

　그러나 한국 정부는 전국적으로 3살 어린이 포함 온 식구 등 무고한 민간인들이 수없이 죽었는데도 아직까지 사과가 없다.

　노무현 대통령이 개인적으로 사과는 했지만 국회를 통과한 공식 사과는 없다. 한국에는 아직도 올바른 정치인이 없다는 안타까운 생각이 든다.

　정말 미국은 대국이기 때문에 사과를 했다. 한국도 이를 본받아야 한다.

　여러 의문점에서도 확실한 것은 우리 집안에 어떤 정치적인 파워가 있었거나 남한 정부와 줄이 있었으면 아버지가 살았을 것이라는 확신이다.

　당시 여주 어느 형사는 인민군 치하시절 인민 여성위원장으로까지 활동한 예쁘고 젊은 여성을 살려 주었을 뿐만 아니라 자신의 부인으로 삼았다.

　이 같은 경험을 통해서도 정치력이 얼마나 중요한가를 깨닫고 있다. 그것이 나중에 미국에서 5선의원이 되고 주지사에 도전한 계기를 마련했다고 본다.

　아버지가 빨갱이로 몰려 처형당하고 집안이 빨갱이 집안으로 누명을 썼지만 한편으론 가족들을 살려준 것에 감사한 생각도 든다.

　빨갱이 가족이라고 가족 모두를 처형 할 수도 있었으나 아버지의 희생으로만 그치고 우리 가족과 친지들은 살아날 수 있었다.

PART 13

여주 시내 딴따라 아저씨

이러한 사상적인 어려움과 국가에서 배척당한 빨갱이 가족이라는 사회적 신분으로는 한국에서 성공하기가 어렵다고 미국에 가기를 은연중에 바랬는데 그 뜻이 이뤄진 것도 하나님의 뜻과 섭리라고 믿는다.

전쟁은 승자나 패자 없이 남북한 모두에게 비극이다. 새삼 여주 시내의 딴따라 아저씨 생각이 난다.

여주 공설시장 길목에 있는 대장간에서 삽과 낫, 쟁기를 만드는 대장장이 40대 아저씨였다. 그 아저씨를 볼 때마다 오른쪽 팔 근육이 왼쪽보다 훨씬 컸는데 하루 종일 뜨거운 쇠붙이를 두드리는 것을 신기하게 구경했다.

여주에 미군 비행기가 폭격을 할 때 그 대장장이 아저씨 외아들이 그만 죽었다.

그 후 대장장이 아저씨는 낮에는 일을 열심히 하지만 해가 질 황혼이 되면 술을 마시고 슬프게 아들을 찾는 노래를 하며 여주 시내를 방황했다.

그런 가슴 아픈 대장장이 아저씨를 아이들은 "딴따라 딴따라" 하면서 쫓아 다니기도 했다.

그럼에도 다음날 낮에는 또 열심히 대장간 일을 했다.

어느 날부터 그 딴따라 아저씨가 보이지 않았다. 나중에 친구들이 말하는데 추운 겨울날 술 마시고 아들 잃은 슬픔으로 길을 헤매다가 쓰러져 얼어 죽었다는 소리였다.

　우리 가정뿐만 아니라 전쟁에서 발생한 수많은 비극의 한 스토리였다. 그 아저씨가 아들을 찾으면서 부르던 처량한 노래 소리가 아직도 귀에 생생히 들린다.

　새삼 딴따라 아저씨 이야기를 꺼내는 것은 아버지를 억울하게 잃은 나의 한을 그 딴따라 아저씨 이야기로 조금은 달랠 수 있기 때문이다.

PART 14

가난과 폐결핵의 시련

아버지가 살아계셨을 때는 편안한 소년 시절을 보냈으나 아버님이 갑자기 돌아가신 후 경제적으로도 어려움을 겪게 되었다.

큰 아버지가 우리 가족을 위해 도움을 주셨지만 나도 조금이라도 가족의 생계를 돕기 위해 친구로부터 좋다고 들은 미군 하우스 보이로 일하기로 했다.

그러나 그때까지도 미군들과 직접 영어 회화를 한 적이 없어 걱정이었다. 그래서 학교에서 배운 영어 실력과 사전을 찾아 하룻밤을 새워 미리 할 말을 작문으로 만들어 외웠다.

그리고 그때부터 동네에 지프차로 들어오는 미군이나 걸어오는 미군들이 있으면 무조건 뛰어가 붙잡고 말을 건넸다. "How do you do. My name is Yong Keun Lim. I am 16 years old. I want to be house boy."

내 영어 발음이 나빴는지 미군들은 처음엔 못 알아들었다. 그러나 하우스 보이 대목에서는 알아들었는지 No, No, No 하며 손을 내저었다.

집안 살림을 돕기 위해 하우스 보이가 되려 했지만 이것도 할 수 없어 포기했다.

그러나 이 경험에서도 미군들과 처음으로 영어 회화를 하고 하우스 보이라는 말을 그들이 알아들은 것만 해도 영어 회화에 조금 자신을 갖게 되었다.

지금도 많은 한인들이 미국에 와서도 영어를 제대로 못하고 있다. 예전 한국 영어 교육이 잘못되었고 특히 한인들이 영어 회화에 용기가 없기 때문이다.

　우리가 한국에서 영어를 배웠을 때만 해도 모두 시험공부 위주였고 교과서 문법 위주였기 때문에 실제 실용 영어를 배울 수 없었다.

　더구나 당시는 한국에 미국인들을 별로 만날 수 없었고 미국에도 와보지 못한 한국 영어 선생님에게서 배웠기 때문에 발음도 일본식이나 한국식 영어가 될 수밖에 없었다.

　지금은 달라졌지만 몇 십 년 전에 이민 온 한인들은 영어 회화를 해도 한국식 발음으로 미국인들이 못 알아듣는 경우가 많았다.

　그래서 영어에 자신을 갖지 못해 심지어 집에 전화만 와도 미국 사람인줄 알고 겁내 받지 못하는 사람들이 많았다.

　어렸을 적 처음 미군과 회화할 때 전체 말은 못 알아들어도 하우스 보이는 그들이 알아들었던 것에 자신을 얻었던 것처럼 영어회화는 비록 문법이나 발음이 조금 틀려도 미국인들이 어느 정도는 알아듣기 때문에 용기를 가지고 자꾸 해야 한다.

　엎친 데 덮친 격으로 큰 아버지가 도와주고 있지만 7 식구들이 빠듯하게 살아야 하는 어려운 가운데 잘 먹지도 못하고 공부하던 나는 고등학교 2학년 때인 17살부터 폐결핵에 걸려 7년여 간의 투병생활로 제때 공부도 하지 못했다.

　고교시절 옆구리가 쑤시고 아팠다. 처음에는 운동을 많이 해서 걸리는 늑막염인가 했다.

　기침이 나고 가래가 많이 나기 시작하더니 미열이 기분 나쁠 정도로 계속 있기 시작했다.

　병원에 가보니 폐결핵 초기라는 진단이 나왔다. 폐결핵은 공기 전염이 되기 때문에 집안에서도 식구들에게 전염될까 봐 걱정을 했다. 사회적으로도 나가 활동할 수 없었다.

더구나 아버지 돌아가신 후 가세가 기울어 큰 아버지가 우리 집안을 돌봐주셨기 때문에 가난한 생활에 약 사먹을 돈이 없었고 한창 자라야 할 나이에 제대로 먹지도 못해 건강도 좋지 않아 회복이 되지 않았다.

어느 날 어머니가 병으로 누워 있는 나에게 오랜만에 반가운 얼굴을 하고 오셨다. 손에는 하얀 봉투를 들고 계셨다.

"용근아 그동안 등록금 때문에 졸업하지 못할까 걱정 많이 했지. 고맙게도 큰아버지가 네 등록금을 가지고 오셨다. 이젠 등록금이 있으니 걱정하지 말고 네 병만 나으면 된다."

아버지가 돌아가신 후 큰 아버지는 우리 형제들의 학비까지 부담해 주셨는데 큰 형은 대학까지 해줬으나 나는 고등학교까지 부담해 주었다.

밑의 동생들은 중학교까지만 부담해줬을 정도로 갈수록 도움도 적어졌다.

큰 아버지가 주신 등록금으로 졸업을 할 수 있다는 기쁨도 잠시였다. 그 등록금을 당장 죽어가는 나의 약값으로 써야했기 때문에 학교에 낼 수 없었다. 그래서 공부는 했지만 그해 졸업을 할 수 없었고 1년 후 등록금 낼 때까지 졸업장도 받지 못했다.

PART 15

교회에 가서 열심히 기도

그런 어려움 속에서도 예수님의 사랑은 큰 도움이 되어왔다. 우리 집안에서는 내가 제일 먼저 교회에 나갔다.

일제 강점기에는 교회를 갈 수 없었지만 유치원을 당시 여주감리교회에서 다녔기 때문에 해방된 후 5형제 중 유일하게 9살부터 집 근처에 있는 감리교회를 혼자 다녔다.

당시는 믿음보다는 교회에 가면 동화책을 읽어주고 재미있는 프로그램이 많았고 특히 크리스마스, 부활절에는 선물도 주어 교회가 좋았다.

교회에서 종소리가 댕댕 울리면 항상 교회로 발길을 돌렸다.

그러나 목사님은 엄격하셔서 동네 사람들은 말 안 듣는 어린이들에게는 목사님에게 데려간다고 할 정도였다.

당시 어른이라면 술 담배를 해야 하는 풍조였기 때문에 선배들은 술 담배 못하게 하는 교회에 나가서 무엇 하느냐고 반대했다.

그러나 술 담배 안 해도 어른 되는 것과 상관없고 믿음을 지켜야겠다는 생각으로 계속 교회에 다녔다.

특히 폐결핵에 걸려 약도 먹지 못하자 그냥 버티면서 교회에 열심히 다니고 하나님께 기도했다. 그러나 각혈까지 하는 등 고교 3학년 때 병은 심해졌다.

폐결핵에 걸려 약도 못 사먹고 교회에 가서 열심히 기도하는 모습을 본 어머니도 하나님께 기도해야 아들이 살지 않겠느냐고 아들을 살려달라고 하나님께 기도한다면서 교회에 나가기 시작했다.

그 후 나의 전도로 우리 식구들이 모두 교회에 나가게 되었다. 하나님은 나의 폐결핵 병을 쓰셔서 가족들을 구원하셨다.

어머니는 새벽마다 마루 뒷문 쪽문을 열고 기도하셨는데 추운 겨울 새벽에도 꼭 문을 열고 기도하셨다.

아마 문을 열어놓아야 하나님에게 막히지 않고 기도가 전달된다고 생각하신 모양이었다.

3부

작은 일 최선 할 때 더 큰 기회

PART 16

미군 하우스 보이 생활

이처럼 졸업장도 못 받고 고등학교 이수 후 병으로 집에 있는데 마침 포천 미군 부대 하우스 보이로 있던 친구가 오라고 해서 어머니에게 이야기해 하우스 보이가 되어 돈을 벌기로 했다.

첫째로는 영어를 배우기 위해서였고, 두 번째는 미군부대에서 잘 먹어서 병을 낫게 하고, 세 번째는 돈을 벌어서 고등학교 졸업장을 타기 위해서였다. 또 사회생활 경험도 쌓고 싶었다.

어머니는 돈이 없어 집에 있는 큰 닭 2마리를 주셔서 이 닭들을 시장에서 팔아 포천으로 가는 여비를 마련했다.

포천에는 미 9군단 본부가 있었다. 나는 이곳에서 방문객들이 묵는 게스트 하우스의 노무자로 취직이 되어 손님들의 침대 청소 등 호텔 일을 다 했다.

또 하우스 보이로서 미군 장교 두 사람의 구두를 닦고 물 떠다주는 심부름을 했다. 방안에 디젤 가스난로가 있어 스토브가 잘 타도록 항상 청소를 깨끗이 해야 했다.

천막에서 같이 생활하던 동료들은 나를 착실하게 봤는지 돈까지 맡길 정도였다. 1년 동안 미군 부대 하우스 보이로 일하면서 영어를 배울 수 있는 좋은 기회가 되었다.

믿음 생활에도 충실했기에 밤중이나 새벽에 남이 잠잘 때 전지를 켜고 킹 제임스(King James) 영어 성경을 읽으며 신학교에 갈 준비를 했다.

신학교에 가려했던 이유는 대학교에 진학하려 해도 일반 대학은 등록금 때문에 갈수도 없었고 공부도 하지 않아 합격할 수도 없었다.

그래서 장학금을 받고 갈수 있을 뿐만 아니라 어릴 적부터 믿음 생활을 해왔기 때문에 목사가 되기 위해 신학대학교에 입학키로 했다.

특히 빨갱이 집안이라는 낙인이 찍혀 있어 일반 대학을 나와도 사회생활이 제한되기 때문에 차라리 나처럼 어려운 사람들을 도울 수 있는 목회자가 되겠다는 생각이 들었기 때문이었다.

1년간 하우스 보이로 일하면서 당시 한 달에 15불을 벌었다. 일 년에 번 150불을 한 푼도 안 쓰고 지난번 등록금대신 약을 샀기 때문에 그 돈을 큰 아버지에게 드렸다.

그러나 큰 아버지는 어머니에게 돌려주었고 어머니는 다시 나에게 돌려주었다. 그 돈으로 고등학교 등록금을 내고 1년 늦게 졸업장을 받을 수 있었다.

이 같은 1년 동안의 미군 하우스 보이 생활은 미래의 내 일생을 발전시키는 아주 귀한 경험이 되었다.

지금도 미군 병사들을 위해 1년간 하우스 보이를 했다는 것을 많이 이야기 하고 있다.

특히 미국 정치인으로 도전 할 때마다 가난했던 한국에서 미군 하우스 보이였던 사람이 이젠 미국에서 아메리칸 드림을 이루고 미주류 사회 정치인으로 봉사하고 싶다는 나의 스토리를 강조했다.

PART 17

정신 이상자로 몰리다

고교 졸업 후 서울 서대문구 아현동에 있는 성결교단의 서울 성결신학교에 장학금을 받고 입학해 종교문학을 전공했다.

학비와 식사비는 면제 되었고 기숙사에 살았다. 기숙사는 주말에는 기숙사를 나갔다가 월요일에 들어와야 했는데 차비가 없어 사촌 누님 집에서 학교까지 걸어 다녀야 했다.

사촌 누님 집은 청량리였다. 서대문에서 청량리까지는 굉장히 멀었다. 그러나 전차 탈 돈

서울 신학대학 졸업사진

이 없어 종로와 을지로를 계속 걸어가며 서대문 학교와 청량리 사촌 누님 집까지 매주 마다 걸어 다녔다.

그런 가운데도 영어 공부를 게을리 하지 않았다. 남들은 학원에 가서 수업료를 내고 영어를 배웠지만 나는 돈이 없기 때문에 미국인 선교사들이 설교하는 교회나 영국 선교사들이 있는 서울 구세군 본부, 경기 여고의 목요 예배 등 선교사들의 설교를 많이 들으면서 영어 듣기에 게을리 하지 않았다. 대학 영어 클럽에 참여해 같이 영어로 토론을 하기도 했다.

신학교에 들어가자마자 새벽에 일어나 새벽 기도부터 시작해 공부를 열심히 하고 저녁이나 주말에는 영어를 배우기 위해 여러 곳을 다녔다.

매일매일 아침부터 저녁까지 바쁘게 공부해야했다.

정말 목사님이 되려고 열심히 노력했다. 그러다 보니 다시 건강이 나빠져 어느 날 기침을 하는데 많은 피가 엄청나게 나왔다. 지금까지보다 가장 많았다. 순간적으로 이젠 죽나보다 생각이 들었다.

즉시 학교에서 개인 병원에 입원시켰다. 폐결핵은 움직이면 피가 더 나오기 때문에 꼼짝 못하고 병상에 누워 있어야 했다.

조그만 개인병원이라 밤에는 주위에 아무도 없어 이젠 이렇게 죽는가 보다 생각이 들었다.

언젠가는 피가 더 나와 간호사에게 도움을 요청했으나 쌀쌀맞은 간호사는 약 대신 전염되지 않도록 알코올을 주위에 뿌리기만 했다.

단지 할 수 있는 일은 하나님께 치유해 달라고 기도하는 수밖에 없었다.

그러나 신학교에서도 병원비를 더 부담하지 못하게 되고 피가 더 나오는 등 병이 악화되자 한 학기 이수 후 고향집으로 돌아와 요양을 해야만 했다.

이로부터 8년 동안 휴학과 복학을 하는 고통의 시절이 시작되었다. 투병 중에도 쉬지 않고 여주 고향의 능서면에 있는 조그만 왕대리 교회에서 전도사로 사역을 했다.

어느 날 또 심한 각혈을 했다. 지금까지 도합 9 차례에 걸쳐 각혈을 했다. 이번에 쓰러져 사경을 헤매자 큰아버지와 동생들이 나를 들것으로 실어 집으로 데려갔다.

달려온 의사는 집에서 움직이지 말고 안정 가료를 해야 한다고 말했다. 그러나 우리 집안은 돈이 없어 약을 살수도 없었다.

요양을 하는 동안 밤에 화장실에 가지 않도록 방에 물그릇과 소변 요강을 같이 뒀다.

몸이 아픈 어느 날 저녁 비몽사몽간에 옆에 있던 물을 마셨는데 맛이 짭짤했다. 내 입맛이 이상한가 보다 하고 이번엔 다 마셨다. 알고 보니 내 오줌 이었다.

폐결핵에 걸려 많은 사람이 죽는 것을 보았기 때문에 한창 장래의 꿈을 가지고 공부해야할 나이에 폐결핵으로 죽게 되었으니 세상 살 맛이 없어 염세증에 걸렸다.

돈이 없어 약도 못 사먹고 고생할 바엔 차라리 죽는 것이 낫다고 생각했다. 더구나 아버지가 처형당하신 후 집안은 빨갱이 가족 낙인이 찍혔다.

아버지 돌아가신 후엔 경제적으로도 집안이 크게 가난해졌다.

그래도 그동안 신앙으로 견디며 기도를 했지만 하나님이 당장 오셔서 기적처럼 병을 낫게 해주지도 않으시니 하나님마저 나를 버렸나 하는 생각마저 들었다.

아무도 도와주는 사람 없고 하나님마저 나를 버렸다는 생각에 어느 날 갑자기 무인고도에 떨어진 것 같았다.

"하나님 정말 저를 버리셨습니까?"

설상가상으로 장래 결혼까지 약속을 한 애인이 찾아와서 더 이상 사귈 수 없다고 결별을 선언했다. 그녀가 당연한 선택을 했다고 본다.

미울 것도 섭섭할 것도 없다. 나라도 내 애인이 그러한 상태라면 버렸을 것이다.

그녀가 떠난 이후 3일간 계속 눈물을 흘렸다. 그 여자를 원망하는 눈물이 아니고 내 자신이 처해있는 상황의 눈물이었다.

폐결핵으로 사경을 헤매는 가운데 졸업도 못하고 인생이 답답하고 갈 길이 보이지 않자 어느 날 집을 뛰쳐나와 하나님에 대한 항의로 팬티 차림으로 여주 동네를 배회했다.

이 같은 모습을 본 동네 아주머니와 어른들은 "용근이가 예수 믿고 폐결핵에 걸리더니 이젠 미쳤다."라고 불쌍해하며 안타깝게 쳐다봤다.

미쳤다는 소리를 듣고 정신 이상자로 몰렸을 정도로 절망 속에 빠졌던 나였다. 이러한 상황 속에 하나님의 영광을 가리게 되는 것이 제일 안타까웠다.

PART 18

나를 버리지 않은 하나님

그러나 그 고통 속에서 "용근아, 나는 너를 버리지 않았다. 이 연단을 통해서 너를 크게 쓰고자 한다." 하나님의 음성이 들리는 것 같았다. 정말 하나님은 나를 버리지 않으셨다.

어느 날 교회의 독실한 장로님인 강장로님이 소식을 듣고 집에 왔다. 기진맥진해 있던 나에게 엉뚱한 이야기를 꺼내셨다.

"임전도사, 우리 집 손자가 손가락을 베여서 피가 나오는데 통 낫지를 않아. 얼마나 놀기 바쁜지 낫지를 않는 거야. 그 손주 녀석 혼을 내서라도 가만히 있게 해야겠지?"

장로님은 손가락 하나를 보이셨다.

그 말에 나도 모르게 "당연히 그러셔야지요. 그래야 빨리 낫지요" 말했다.

그랬더니 그 장로님은 기다렸다는 듯 말씀하셨다.

"자네도 마찬가지야. 칼로 손가락을 베여 피가 나오면 손가락을 가만히 둬야 살이 붙어 피가 나지 않네. 손가락을 자꾸 움직이면 잘 낫지도 않고 오래 걸리는 거야. 병도 마찬가지야. 자꾸 활동을 하면 병이 더 도지고 빨리 낫지도 않아. 내 말 듣고 6개월만 활동하지 말고 가만히 요양하고 식사나 잘하게"

그동안 의사의 말도 듣지 않았는데 이 같은 강장로님의 말씀은 순간적으로 하나님의 말씀으로 들려왔다.

그 말씀을 100% 받아들이기로 했다. 과학적으로도 폐결핵은 활동안 하면서 치료해야 몸에서 적혈구가 생겨 치유된다고 한다.

그때부터 안정을 취하면서 몸보신에 신경을 썼다. 어머니는 집의 닭들을 잡아 푹 삶아 주었고 내가 아픈 것을 안 동네 사람들도 뱀을 잡으면 우리 집으로 가져왔다.

뱀 고기는 마치 닭고기처럼 맛있었다. 뱀 고기를 먹기 위해 땅꾼들을 따라다니며 뱀을 잡아 뱀탕을 해 먹었다. 뱀 구멍에 연기를 피면 뱀들이 나오는데 무섭지도 않게 잡았다.

일단 땅꾼들이 잡은 뱀 굴에 다시 연기를 피면 뱀이 또 나오기도 했다. 대부분의 뱀들은 독사들이 많았는데 이중에는 아주 큰 구렁이도 있었다.

언젠가 큰 구렁이를 잡아 고았는데 기름이 굉장히 많았다.

그 기름을 4,5번 먹은 후 기운이 다시 나는 것을 느낄 수 있었고 드디어 기적처럼 깨끗하게 폐결핵이 완쾌되었다.

7년여의 투병을 마치고 난후 건강을 되찾았을 뿐만 아니라 현재까지도 건강하게 일하고 있다.

절망에 빠져 하나님을 원망하고 항의하기도 했지만 하나님은 나를 버리지 않으시고 다시 살려주셨다.

투병 7년간의 긴 세월을 헛되이 보내지 않았다. 투병 중에 영어 단어 7,500단어를 모두 암기했으며 인생의 허무함과 가치관도 재정립했다.

특히 죽음의 문턱까지 가봤기 때문에 그 이후부터는 죽음이 두렵지 않아 사회에서 무슨 일을 하든지 간에 담력이 생겼다.

이제 나약한 병자에서 담대하고 건강한 사람으로 변화되었다.

PART 19

고아원을 돕는 작은일

건강이 다시 좋아지자 여주에 있는 여광원 고아원을 찾아가 고아들과 시간을 보내고 이들을 위해 기도도 해주었다.

그런데 고아원 박운한 원장님이 내가 영어를 하는 줄 알고

미군 군목 시절

는 영어 번역을 도와달라고 해서 무료로 봉사를 해주었다.

고아원은 미국 선교단체나 미군 후원자들의 도움이 있어 오가는 편지가 많았기 때문에 영어 번역을 도와주었다.

그러다가 박원장님의 부탁으로 나중엔 1년 동안 정식 서기로 일을 했다. 1년 동안 번 돈을 한 푼도 안 쓰고 모았다가 나중에 처음으로 양복 한 벌을 살 수 있었다.

고아원에서 일한 이 작은 일도 하나님이 더 크고 더 좋은 길로 인도하시기 위한 방편이었다.

1960년 여주 능서면에 미군 유도탄 부대가 들어왔다. 미군 유도탄 부대는 산꼭대기에 레이더를 설치하고 지상에는 유도탄 발사 기지를 갖추고 있었으며 미군이 120명 정도 주둔하고 있었다.

이 지역 미군들은 가까운 고아원을 자주 찾아왔다. 그럴 때마다 내가 통역을 맡았다.

그러던 중 내가 신학교를 다녔다는 것을 알게 된 미군 부대 장교가 어느 날 찾아와 크리스마스 날 설교를 맡아달라는 요청을 했다.

당시 설교할 목사님이 없었기 때문에 마침 전도사인 내가 생각이 난 모양이었다.

영어로 설교를 해본 적이 없어 사양을 했다. 그러나 그 장교는 내가 신학대학을 나온 전도사이고 영어도 잘

군목시절 사귀었던 미군 Jack Grosver와는 지금까지도 우정을 나누고 있다.

하는 것을 안다며 15분 정도로 짧게라도 설교를 해달라고 다시 간곡히 부탁해 거절할 수 없었다.

그래서 크리스마스에 맞게 예수님이 이 땅에 우리를 구원하러 오신 것을 설교했다.

특히 당시 정치, 사회, 종교 등의 배경을 토대로 현실에 맞게 설교를 했더니 아주 잘했다고 미군들이 칭찬을 해줬다.

지금 생각하면 영어도 잘못하는 엉터리 설교를 했겠지만 그 후부터는 아예 미군 민간 군목이 되어 미군 부대 설교를 5년 동안이나 계속했다.

영어도 많이 늘었고 미국인들과의 대화에도 자신감이 생겼다.

이 모든 것이 하우스보이 시절 킹 제임스 영어 성경을 읽고 신학교에서 1학기나마 공부한 덕분이었다.

미군 부대에서 한 달 주일 설교를 하면 보수가 당시 군수 월급보다 많아 돈을 처음으로 저축할 수 있었다.

62

PART 20

시골 전도사와 예쁜 여선생님

그러던 어느 날 이웃집 할아버지가 읽던 인천에서 발행되는 경인 신문을 보았다.

여주 중고등학교에 여자 교사 3명이 발령되어 부임한다는 기사와 사진이 있었다.

사진을 보는 순간 이상할 정도로 이중 예쁜 한 여선생님이 내 부인이 될 것으로 생각이 들었다.

그 여성이 국어교사로 부임해 온 박영희 여선생님이었다.

그런 생각도 잠시뿐 바쁜 생활로 이 여선생님을 잊어버렸다. 그런데 어느 날 내가 섬기는 여주 성결교회에 박영희 선생님과 김순자 선생님이 출석해 처음으로 신문에 본 여선생님들을 직접 만날 수 있었다.

여주 성결교회는 지금은 2개가 되어 큰 교회는 500명, 작은 교회는 300명 규모로 부흥되었지만 초창기 교회는 100명 정도여서 누가 출석하면 반갑게 환영을 했다.

젊은 여선생님들이 다른 큰 교회를 가지 않고 작은 여주 성결 교회에 나오게 된 것은 신문에서 내가 받은 영감과 꼭 같았다.

두 번 정도 이들이 계속해 나오자 새 신자 환영 차원에서 두 여선생님들에게 저녁 예배 후 다방에서 차 한 잔 대접하겠다고 말했다.

여선생님들도 전도사인 나의 부탁을 기꺼이 들어주었다. 처음 두 여선생님들을 만나 이야기 하면서 가슴 설레기도 했다.

전에 신문에서 보자마자 나의 아내가 되었으면 좋겠다고 생각한 예쁜 박영희 선생님이 바로 눈앞에 있는 것을 믿을 수 없었다.

순간적으로 하나님이 짝지어 주신 아내라는 생각이 나도 모르게 들었다. 박영희 여선생님이 나를 좋아하는지 안하는지를 테스트 해보고 싶었다.

추운 겨울인데도 장갑을 끼지 않고 있던 그녀에게 장갑을 벗어 확 던졌다.

그녀가 깜짝 놀라며 장갑을 받았으나 전혀 화를 내지 않았다. 그녀도 관심이 있구나 하고 혼자 생각했다.

하나님의 뜻이 있었는지 나중에 같이 있던 김순자 선생님이 나와 박선생님의 다리역할을 해주었다.

그러나 그녀 집안에서는 반대였다. 하필 가난하고 폐결핵까지 걸린 시골 전도사와 결혼 하려느냐 는 것이었다.

더구나 집안은 그녀만 교회에 다녔지 모두 안 믿는 집안이었기 때문에 전도사와의 결혼을 반대했다.

더 놀라운 일은 그녀의 학교 여학생들이 결혼을 적극 반대했다. 여학생들은 인기 있고 예쁜 여선생님이 볼품없는 시골 전도사에다 빨갱이 가족이고 폐결핵까지 앓은 나였기에 결혼하는 것을 반대했다.

심지어 학생들은 시험시간에 백지를 내며 항의 할 정도였다. 지금 생각해보면 순진한 여학생들이 여선생님을 너무나 좋아했기 때문이고 여선생님과 내가 너무 차이가 나서 신랑감으로 째비가 안 된다고 생각했기 때문인 것 같다.

PART 21

결혼과 교회 개척

이런 사연 끝에 우리는 1년 만에 약혼을 하고 약혼 1년만인 1963년 12월9일 한국에서 결혼을 하게 되었다.

한국에서의 약혼 시절

신혼이 엊그제 같은데 벌써 우리 부부 결혼생활은 50년 금혼이 지나고 59년이 되었고 슬하에 두 아들과 3명의 손주를 두고 있다. 이제 1년 후면 60회 결혼일이다.

우리는 미국에 왔다가 10년 후 한국을 처음 방문 했을 때 당시 결혼을 반대했던 여학생 총책임자인 김건희를 비롯하여 여학생들을 불러 모았다.

개척한 여주군 능서 성결교회. 1965년 당시 벽돌로 짓고 있는 교회 모습

학생들은 당시 볼품 없는 전도사가 미국에서 훌륭하게 될 줄은 몰랐다고 말하고 그때는 너무 어려서 몰랐다며 사과하는 재미있는 일도 있었다.

결혼 후 아내가 정성스럽게 건강식을 해준

1963년 12월9일 한국에서 결혼

덕분에 건강도 더 회복되어 신학교를 8년 만에 복교하여 드디어 1964년 졸업하게 되었다.

이 같은 경험을 통해서도 "기회는 준비한 사람에게 항상 주어진다."라고 믿는다. 또 작은 일에도 최선을 다할 때 더 큰 기회는 주어진다는 것을 체험했다.

고아원을 돕는 작은 일을 했는데 이 일이 미군 군목까지 이어졌고 건강을 찾았으며 결혼까지 하게 되었다.

작은 일로부터 시작한 하나님의 더 큰 일은 계속 주어졌다. 결혼 후 아내와 함께 여주군 능서면에 능서 성결교회를 개척했다.

결혼식 사진

당시는 조그만 건물을 빌려 예배를 드렸는데 부흥해서 미국에 올 때는 건축을 시작했고 이젠 600명 규모 큰 교회로 부흥했다.

목회를 하면서 우리는 여주 교도소에 수감되어 있는 죄수들을 찾아가 하나님의 복음을 전하며 전도를 하기도 했다.

그런데 우리가 개척한 조그만 이 능서교회가 우리의 앞길에 큰 역할을 할 줄은 전혀 몰랐다.

66

PART 22

인생을 바꿔놓은 전보 한장

한국에서 31년을 살았던 기간 중에 가장 행복한 신혼생활 기간이었던 1966년 어느 날 나의 인생을 송두리째 바꿔놓는 일이 일어났다.

교회에 다녀와 집에 오니 아내가 서울에서 전보가 왔다며 전보지 한 장을 주었다.

시골에 사는 나에게 전보가 올 리가 없었다. 자세히 보니 서울의 모르간 목사로부터였다.

처음엔 누군가 생각이 나지 않았다.

잠시 갸우뚱 하고 생각하고 보니 알 수 있었다.

능서 교회는 개척교회여서 서울에 있는 미국 '컴패션' 선교 단체에서 한 달에 25불씩 지원을 해주고 있었다.

컴패션 단체는 미국에 본부가 있는 큰 선교 단체로 한국에서는 서울 본부에 모르간 목사가 총책임자였다.

언젠가 서울에 가는 길에 모르간 목사를 만나 개척 교회 지원에 감사 인사를 하게 되었고 이것을 계기로 모르간 목사를 알게 되었다.

빨리 만나자는 전보를 받고 바로 서울에 가서 모르간 목사를 만났더니 나를 찾는데 한두 달이나 애썼다고 반가워했다.

그리고 컴패션 선교단체가 한국 고아 4명으로 4중창단을 만들어 미국 여러 도시를 순회하며 기금 모금 공연을 계획하고 있는데 고아들을 인도하고 통역을 하며 각 교회에서 설교할 사람으로 내가 적합하다고 생각하고 갑자기 찾게 되었다고 설명했다.

　그는 내가 평소 고아원에서 일해 왔고 영어도 하는 전도사였기 때문에 적임자라고 생각한 모양이었다.

　당시 한국에는 영어를 하는 사람들이 흔치 않았을 때였다.

여주 성결교회에서 영어 성경읽기(BR) 클럽을 만들어 학생들에게 영어 성경을 가르쳤다. 오른쪽 임용근 전도사

PART 23

고마운 하나님의 사람들

　미국 도시 순회를 준비하고 있을 때 아내는 큰 아들 승재 임신 5개월 중이었다. 나는 부부가 같이 가야 한다는 조건을 알고는 무조건 부인과 같이 간다고 말해 미국행 수속을 같이 했다.

　그런데 몇 가지 어려운 관문을 통과 해야만 했다. 첫째는 사상 검증이었다. 이는 여주 경찰서 보안과에서 확인을 했다.

　두 번째는 병역의무를 필하던지 면제를 받아야한다. 병역 문제가 해결되지 않으면 외국에 나갈 수 없는 실정이었다.

　고교시절부터의 폐결핵 증상으로 첫 번째 신체검사에서 무종 판정을 받았다. 군대 소집 영장을 받아 또 논산으로 갔는데 신체검사에서 무종 판정을 받았다.

　병종 판정을 받으면 아예 군 징집이 면제 되지만 무종 판정은 병이 나으면 다시 군대에 갈수 있기 때문에 다시 또 신체검사를 받아야 하는 불편이 있었다.

　논산의 첫 번째 신체검사에서 폐결핵으로 무종이 되자 담당하사관은 무종 판정자들을 다시 인천까지 데려다 주어야 했고 각자에게 다시 집으로 가는 여비도 줘야 했다.

　그러나 그 하사관은 우리들을 기차로 인천 역까지만 데려가고 집에 갈 돈을 모두 다 뺏어가 버렸다.

　그래서 인천에서 여주 집에까지 가야하는데 차비가 없어 인천 역에서 낭패를 당했다.

어떻게 집에 가야 하나 하고 걱정을 하고 있는데 마침 역 앞에 40대 나이 정도이며 키가 크고 힘이 좋고 얼굴이 검게 탄 지게꾼이 있었다.

순간적으로 지게꾼 아저씨에게 다가가서 사정이야기를 하고 여주까지 기차 타고 갈 여비를 좀 보태달라고 간청했다.

그 아저씨는 생각 외로 묻지도 않고 기차를 탈수 있는 여비를 주었다. 정말로 하나님이 보내주신 천사였다.

그 지게꾼 아저씨를 본 것은 그때가 처음이자 마지막이었다. 지금도 그 고마운 지게꾼을 잊지 못하고 감사하고 있다.

미국에 와서 정치인이 된 후 인천시를 방문했었을 때 인천 시장, 국회의원, 신문사, KBS TV에 그 고마운 지게꾼 이야기를 하며 한번 찾아줄 것을 부탁했으나 지금까지 아무 소식을 듣지 못했다.

벌써 오래전 이야기이니 그 지게꾼 아저씨도 살아계시면 90살, 100살이 되었던지 아마 하늘나라에 계실지 모르겠다.

정말 그 고마운 지게꾼 아저씨나 그 자손들이라도 만나면 후하게 보응을 하고 싶은 마음이다.

그래서 인천 역이나 여주 박물관에 사랑의 상징인 지게꾼 아저씨 동상을 세우는 것도 추진해 보았다.

안되면 우리 집에라도 지게꾼 아저씨 동상을 세워 그때 그 지게꾼처럼 항상 남에게 조건 없이 사랑을 베푸는 마음을 간직하고 싶은 마음이다.

PART 24

지게꾼 아저씨와 과일 가게 아주머니

고마운 하나님의 사람들은 또 있었다. 첫 번째 미국에 갈 준비로 신체검사를 다시 해야 했다. 신체검사 증명서는 인천 병무청에서 받아야 하는데 신체검사에서 무종을 받았다. 두 번째 신체검사는 이천에서 있었다.

이천 버스 정류장 옆에는 과일을 파는 조그만 가게가 있어 여주에서 서울을 갈 때는 버스를 기다리는 동안 버스 정류장에 있는 구멍가게에서 늘 사과를 사 먹었다.

그래서 마음 좋게 생긴 가게 아주머니와 서로 얼굴을 익히기도 했다.

이천 신체 검사장에 갔더니 담당 군의관이 노골적으로 병종을 받으려면 큰돈을 가져오라는 것이었다. 돈이 없다고 했더니 그러면 지금 돈으로도 큰 돈 인 300불 정도라도 가져오라는 것이었다.

그런 300불도 없어서 낙심하고 다시 여주로 돌아가는 길에 이천 버스 정류장 과일 가게 아주머니가 생각이 났다.

아주머니에게 사정 이야기를 하면서 돈을 좀 꿔달라고 했더니 어디서 사는 누구냐고 묻지도 않고 성큼 돈을 주었다.

내일 갚겠다고 약속했다. 그래서 그 돈을 가지고 군의관에게 주고 병종 판정을 받았다. 드디어 미국에 갈 길이 열렸다.

집에 와서 큰 형에게 이야기 했더니 형님이 돈을 줘서 다음날 꾼 돈을 갚으러 다시 이천 버스 정류장 과일 가게로 찾아갔다.

가게에 들어갔는데 그 아주머니의 입이 불어 터 있었고 얼굴 몰골이 여위고 말이 아니다.

그 아주머니는 나를 보자마자 "그런 것을" 하며 안도하는 느낌이었다.

알고 보니 이름도 성도 모르고 얼굴만 알 정도로 잘 모르는 학생에게 돈을 빌려준 후 사기 당했다고 생각하며 밤새 한숨을 쉬며 걱정을 한 것이었다. 그 아주머니는 나를 보더니 너무 기뻐하고 괜히 걱정했다며 안도의 한숨을 쉬었다.

얼마나 고민했으면 하룻밤 새에 입술이 터졌겠는가 생각해 보면 내 잘못이 크다. 이름과 주소라도 알려줬으며 좋았을 것을….

그 아주머니를 생각할 때마다 그 같은 선행을 해준 그 아줌마 가족이 복 많이 받고 번창했으리라고 확신한다.

PART 25

뇌물 요구하는 병무청 B 소령

이처럼 어렵게 병종 판정을 받았는데 또 외국에 가려면 병무청에서 병종 증명을 받아야 했다. 인천 병무청에 갔는데 그곳에 일하던 한 청년이 나오더니 "전도사님 웬일이시냐?"라고 반가워했다.

우리 부부가 개척한 능서교회 교인이었다. 다시 한 번 하나님의 예비하심을 알 수 있었다. 그래서 쉽게 인천 병무청에서 병종 증명을 받을 수 있었다.

그러나 최종적으로 서울 병무청 본부에서 또 확인을 받아야 한다고 해서 다시 서울 병무청 본부로 갔다.

담당인 B소령은 "아픈 사람이 군대는 못가면서 어떻게 미국을 갈 수 있느냐?"라며 사기꾼이 아니냐고 오히려 면박을 주었다. 그리고 다시 신체검사를 해야 한다며 군의관에게 보냈다.

폐결핵은 완치가 되어도 폐에 흔적이 남아 있기 때문에 검사한 군의관은 "당신 폐병을 지겹게 앓았군." 하며 병을 인정해주었다.

그러나 B소령은 계속해 못해주겠다는 것이었다. 당시는 부정부패가 심했던 때였기 때문에 돈을 가져와야만 모든 것이 해결되는 시대였다.

B소령 부하들이 귀띔해주는 금액은 너무 많은 것이어서 불가능했다.

미국 갈 날짜가 결정되어 있는 상태에서 이 같은 난관에 빠져 기도

하는 도중 성경 구절이 문뜩 떠올랐다.

누가 복음 18장에 나오는 과부와 재판관의 이야기였다.

"어떤 도시에 하나님을 두려워 아니하고 사람을 무시하는 한 재판관이 있는데 그 도시에 한 과부가 있어 자주 그에게 가서 내 원수에 대한 나의 원한을 풀어주소서 하되, 그가 얼마동안 듣지 아니하다가 후에 속으로 생각하되 내가 하나님을 두려워하지 아니하고 사람을 무시하나 이 과부가 나를 번거롭게 하니 내가 그 원한을 풀어 주리라. 그렇지 않으면 늘 와서 나를 괴롭게 하리라 하였느니라" (누가 복음 18:2-5)

이 말씀은 예수님이 제자들에게 항상 기도하고 낙망치 말 것을 비유로 알려주신 내용이었다.

나도 누가 복음 18장 작전으로 재판관을 괴롭힌 그 과부처럼 B소령을 괴롭히기 위해 그가 출근하는 시간에 같이 병무청으로 출근했다.

B소령의 사무실이 들여다보이는 곳에서 그를 지켜보며 하루 종일 시간을 보냈다.

이런 일을 4일이나 계속하자 B소령이 부하에게 왜 저 사람이 매일 나만 쳐다보느냐 물었고 직원들이 미국에 가려고 하는데 병무청 확인을 받지 못하고 저러고 있다고 대답했다. 그랬더니 B소령은 빨리 해주라고 허락했다.

마침내 4일 후 하나님은 B소령의 고집을 꺾게 해서 돈 일원도 들이지 않고 병무청 확인을 받아 드디어 미국에 갈 수 있게 되었다.

그러나 마귀는 김포공항에서 떠나는 날 마지막까지 나를 시험했다. 공항에서 비행기를 타려고 수속을 하는데 여권이 없었다. 분명 내 안주머니에 내 여권뿐만 아니라 아이들 것까지 함께 가지고 있었는데 아무리 찾아도 보이지 않았다.

붐비는 공항에서 소매치기가 깜짝할 사이에 빼간 모양이나 지금까지도 어떻게 빼갔는지 기억도 나지 않는다.

74

여권이 없으면 비행기도 탈 수 없는 황당한 상황이어서 말도 못하고 혼자 쩔쩔맸다.

그런데 한 남자가 나를 툭 치더니 사무실 데스크에 가보라는 것이었다, 행여나 하고 사무실에 가보니 정말 데스크에 여권들이 고스란히 남아 있었다.

착한(?) 도둑이 돈이 들었는 줄 알고 소매치기 했으나 여권밖에 없자 돌려준 것이었다. 분명 하나님이 보호하여 주신 것이어서 감사가 절로 나왔다,

여권 분실 소동으로 급하게 비행기 타러 가는 바람에 공항에 나온 아내는 나에게 작별 인사도 하지 못하고 눈물만 흘려야 했다.

비행기가 활주로를 이륙해 미국으로 떠나는 순간 정말 마지막 까지 나를 괴롭힌 한국을 드디어 떠난다는 생각에 내 마음은 그렇게 시원할 수가 없었다.

뒤돌아보면 "처음 시작은 미약하였으나 나중에 창대하리라"라는 성경 말씀처럼 조그만 것을 중요시 하니 큰일들이 이뤄졌다.

고아원 봉사를 하니 미군들을 만나게 되어 군목으로 5년 동안 설교하게 되어 영어 실습하기에는 황금 같은 기간이었다. 또 재정적으로 안정을 이룰 수 있었다.

아내를 만나 결혼할 수 있었고 교회를 개척했는데 이것이 결국 미국에 오는 결정적인 계기가 되었다.

정말 하나님은 그때그때마다 앞서서 우리 앞길을 인도하셨다.

강장로님이 좋은 말씀을 해주셔서 폐결핵이 치유된 것부터 지게꾼 아저씨, 과일 가게 아주머니, 병무청 직원 등 그때그때마다 하나님은 하나님의 사람들을 보내주셔서 서로 합력하여 선을 이루도록 하셨다.

이 모든 것은 우리들이 모르는 가운데도 하나님의 역사가 이뤄진 것이었다.

4부

무일푼으로 시작한
미국 생활

PART 26

1966년 시애틀 도착

　미국행은 원래 아내와 같이 가기로 수속을 했으나 아내가 아이를 낳는 바람에 혼자 미국에 가야 했다. 그래서 컴패션 측은 아내 대신 4명의 고아들을 돌볼 다른 한국인 여자 보모를 함께 보냈다.

　드디어 1966년 6월21일 꿈에 그리던 미국에 도착했다. 김포공항에서 비행기를 타고 시애틀 공항에 도착했다. 공항에 도착하기 전 비행기에서 보이는 구름 위에 우뚝 솟아 있는 웅장한 하얀 레이니어 산-.

　그 밑으로 끝없이 이어지고 있는 기기묘묘한 눈 덮인 산줄기들-. 햇살이 눈부시게 반짝이는 파란 바다와 호수들-. 그 위에 떠있는 수많은 돛단배들과 요트들-.

　비행기에서 내려다 본 꿈처럼 아름다운 시애틀의 첫 광경에 감탄이 저절로 나왔다.

　워싱턴주 시애틀에서 입국 수속을 하고 공항에서 컴패션 직원의 안내를 받았다. 우리는 6개월 예정이어서 고아 4중창 단원들과 함께 시애틀, 오리건주 포틀랜드, 샌프란시스코 등 미국 여러 지역을 3개월간 순회하며 컴페션 본부가 있는 시카고로 향하였다.

　그런데 시카고에 가는 도중 문제가 발생했다. 컴패션 안내 책임자가 호텔에 숙박할 때 방을 따로 따로 쓰다 보니 경비가 너무 많이 나갔다며 경비 절감을 위해 나하고 여자 보모와 어린이들이 한방을 쓸 것을 요구했다.

　아마도 담당자는 내가 믿을 수 있는 전도사이기 때문에 그런 요구를 했는지 모른다.

심지어 그는 한국에서는 한 가족이 한 방에 같이 살지 않느냐고 말하기도 했다.

그러나 엄연히 유부남인 나보고 다른 여성과 함께 자라는 소리에 난센스라며 부부사이도 아닌 여자 보모와 같이 잘 수 없다고 한마디로 거절했다.

당초 미국에 갈 때의 계약 조건과도 위반된다고 강력하게 항의했다.

미국인 안내 책임자에게 미국에서는 이처럼 남의 여자와 같이 자느냐 등 신랄하게 반대 의사를 표하고 한국으로 돌아가겠다고 우겼다.

이로 인해 미국 순회공연이 중단되자 컴패션 직원은 본부가 있는 시카고로 나를 보냈다.

PART 27

다른 여성과 함께 자라고?

웅장한 콜럼비아 강과 절벽 위의 크라운 포인트

시카고 본부에서 이 같은 사실을 책임자에게 이야기 했더니 문화차이라며 이해를 해줬다.

그리고 한국으로 무조건 돌아가게 하지 않고 감사하게도 미국에 왔는데 무엇을 하고 싶으냐고 물었다.

나는 예전부터 한국에서 미국에 가면 미국 신학교에서 공부를 하는 꿈이 있었다. 그래서 포틀랜드에 있는 WES(Western Evangelical Seminary) 신학대학원에 공부를 하고 싶다고 말했다.

컴패션 본부에서도 이를 찬성했다. 미국에서 공부를 하려면 누가 스폰서를 서줘야 했다. 컴패션 본부의 이사회는 인디아나 폴리스에 있는 동양 선교회가 나를 스폰서 하도록 부탁하고 그곳에 가도록 버스 티켓을 사주었다.

시카고에서 인디아나 폴리스 동양 선교회에 갔더니 재미있는 일은 그 선교회 미국인들은 Lim 이라는 나의 성을 보고 LA에 있는 유명한 임동선 목사가 오는 줄 잘못 알고 있었던 해프닝도 있었다.

동양 선교회에서도 감사하게도 스폰서 해줘서 그곳에서 신학대학원인 포틀랜드 웨스턴 에반젤리칼 세미너리 (Western Evangelical Seminary)를 다니기 위해 그레이하운드 버스를 타고 아무도 아는 사람이 없는 포틀랜드로 왔다.

이후 방문 비자에서 학생 비자로 신분이 변경되어 공부를 하게 되었고 지금까지 포틀랜드 주민이 되어 56년 동안 살고 있다.

포틀랜드가 가장 큰 도시인 오리건주는 워싱턴주와 자연과 기후 조건이 비슷하지만 아직도 개발되지 않은 자연이 많고 한인사회 규모도 워싱턴주의 반 정도이기 때문에 때가 묻지 않고 따뜻한 인정이 많은 곳이다.

8만8500여 에이커 넓이의 225개 주립 공원이 태평양 해변, 모래사막, 그리고 산맥 및 강줄기를 따라 펼쳐져 있다.

1,500만 에이커의 국립공원이 있고 12개의 야생동물 보호지역, 6만 2,000 마일의 낚시구역, 1,600개의 호수와 저수지가 있다.

유일한 국립공원인 Crater Lake는 세계에서 가장 깨끗한 호수, 미국에서 제일 깊은 호수로 알려져 있으며 높은 산위에 있는 분화구 호수이기 때문에 한인들에겐 백두산 천지 같은 감동을 주고 있다.

콜롬비아강도 포틀랜드에서 차로 10분 거리에 있고 가장 높은 Hood 산도 한 시간 거리에 있다. 캐스케이드 산맥, 잔데이 화석지대, 429마일의 태평양 해안선, 모래 사막공원, 팜스프링 인디언 보호구역 등이 유명하다.

포틀랜드 명물 아름다운 멀트노마 폭포

오리건주에서 가장 큰 도시인 포틀랜드는 워싱턴주와 콜럼비아강을 사이로 있다.

별명이 장미의 도시일 정도로 다운타운을 흐르는 윌라메트 강과 아름다운 다리들, 그리고 강 위에 떠있는 보트들의 모습이 사철 만년설을 이고 있는 후드산을 배경으로 한 폭의 아름다운 그림이다.

매년 5월과 6월에 개최되는 장미축제 때에는 윌라메트 강변과 다운타운에서 각종 화려한 축제가 벌어져 장관을 이룬다.

다운타운은 걸어서 곳곳을 관광할 수 있고 Max경전철이나 버스를 탈수 있다.

PART 28

포틀랜드 신학대학원 목회학 석사

포틀랜드 첫 한인교회를 개척한 김관규 목사와 함께

그레이하운드 버스를 타고 포틀랜드에 처음 도착해서 신학교까지 버스를 타고 갔다. 버스 안에 같이 탔던 미국 여성이 친절하게 대해줘서 이야기 해보니 오리건 시티에 있는 나사렛교회 사모님이었다.

그 사모님은 자신의 교회로 출석하라고 전도했다. 그래서 그때부터 이 미국 교회를 섬기기 시작했다. 특히 이 교회 성도들은 학교에 다닐 때 여러 도움을 주어 잊지 못한다.

어느 주일날에는 한 성도가 악수를 했는데 손에 꾸겨져 있는 1불짜리가 있었다.

한국 문화 같으면 흰 봉투에 돈을 담아 정중하게 전달하는 것이 예의인데 그런 형식을 떠나 어려운 타국의 유학생을 도우려는 미국인 성도들로부터 예수님의 사랑을 느낄 수 있었다.

또 격식을 따지지 않는 미국 문화와 정서도 배울 수 있었다.

당시 포틀랜드에는 김관규 목사님이 개척하고 시무하는 성도 30,40여명 정도의 '포틀랜드 한인교회'가 첫 한인교회이자 유일한 한인교회였다.

학교에 다니면서 미국 교회에 나갔지만 가끔 주일날 한인교회 예배에 참석했다.

당시에는 많지 않았던 한인들과도 교제할 수 있었고 김치 등 한국 음식도 먹을 수 있어 매우 재미있었다.

김목사님은 이북에서 내려오신 분으로 매우 훌륭하신 목사님이었다.

특히 세상과 타협하지 않고 오직 복음만 전하셨으며 나를 아들처럼 생각하셔서 그 교회 전도사로도 사역을 했다.

김목사님은 20여 년 전에 돌아가셨고 참 잘해주셨던 사모님도 안타깝게 하늘나라로 가셨지만 포틀랜드 첫 한인교회의 아름다운 시절들을 잊지 못한다.

내가 다닌 요한 웨슬리 계통의 복음 신학대학원인 웨스턴 에반젤리칼 세미너리 (Western Evangelical Seminary) 신학대학원에는 당시 200명의 학생들이 있었다.

WES(Western Evangelical Seminary) 신학대학원 기숙사에서 공부에 전념하고 있다. 사진은 같이 공부한 이원회 목사가 찍어 주었다.

한인 학생은 나하고 이원회 목사 단 둘뿐이었다. 이 목사는 한국 신학교에서는 한 해 선배였으나 미국 신학교에는 같이 입학하게 되었다.

장학금을 받아 학교를 다니며 신학교 내에 있는 조그만 집에서 같이 살았다. 한 달 렌트비가 50불이어서 이 목사와 25불씩 부담했다.

물론 차도 없어 버스를 타고 신학교에 다녀야 했다. 초창기 시절 언젠가 포틀랜드 시내에서 버스를 타기위해 정류장에서 기다렸다.

그런데 오던 버스가 정류장에 서지 않았다. 그래서 다음 정거장에서 서나 하고 막 쫓아갔다. 그러나 그 다음 정거장에도 서지 않고 그냥 가는 것이었다.

나중에 알고 보니 미국에서는 흔한 학교 School Bus였다. 스쿨 버스를 일반 버스로 알고 쫓아갔으니 당시 버스 안에서 학생들이 웃고 난리를 피던 광경이 지금도 눈에 선하다.

초창기 시절 이같은 문화 차이와 언어 장벽 문제들도 많았지만 그야말로 공부에 전념해 66년 가을에 입학한 4년만인 70년에 목회학 석사(M.Div)를 취득하고 졸업했다.

WES 신학대학원 시절 태평양 바닷가에 나가 한국을 향해 그리운 아내 그레이스 임 이름을 소리쳐 부르기도 했다. 사진은 같이 공부한 이원회 목사가 찍어 주었다.

Western Evangelical Seminary는 1996년 George Fox College와 병합하고 'George Fox University'로 이름을 변경했다.

신학대학원을 다니면서 편하게 장학금을 받고 공부했지만 나뿐만 아니라 앞으로 가족들이 미국에 오면 살아야 할 집도 있어야 하고 차도 있어야 했다.

그래서 아내가 오기 전 준비해야겠다는 생각으로 공부하면서 별의 별 궂은일들을 열심히 해서 돈을 벌었다.

PART 29

청소부와 세탁 일까지

당시 미국 유학생들은 식당 그릇닦이, 청소원 등 허드레 일로 학비를 벌었을 때였다. 나도 제일 쉬운 청소부 일을 하기로 했다.

그러나 청소원 일자리도 찾기가 쉽지 않았다. 그래서 신문에 구인 광고가 나올 때 빨리 찾아갈 수 있도록 신문이 전날 가판에 먼저 나올 때 빨리 사서 광고를 뒤적였다.

신문 구인난에서 제일 먼저 J 섹션을 찾았다. J 섹션은 Janitor(청소원)를 구하는 난이었다. 그다음에는 C 섹션을 찾는다. C 섹션은 Custodian(청소와 건물 관리원)을 찾는 난이었다.

마침 미국 교회에서 교회의 관리와 청소를 하는 커스토디언을 찾는다는 광고를 보고 연락을 했다. 한번 오라고 해서 인터뷰를 했다.

그 교회는 포틀랜드 노스웨스트 지역에 있는 임마누엘 루터런 교회였다.

한국 신학교 다닐 때 교회 관리, 청소원을 한 경험이 있고 또 한국 신학대학을 졸업하고 미국에서 신학대학원을 공부하고 있는 점을 좋게 봤는지 일을 하도록 했다.

더구나 교회에는 그 커스토디언을 위한 집도 한 채가 있어 이 집에서 집세도 내지 않고 전기세도 내지 않을 뿐만 아니라 한 달 300불까지 벌을 수 있어 매우 좋았다.

지난 1998년 본국 MBC TV에서 다큐멘터리 '성공시대'로 나의 성공 스토리를 촬영하기 위해 미국에 왔을 때 아내와 취재진과 함께 이

교회의 내가 살던 커스터디언 집을 찾아가 봤다.

그 교회는 아직도 있었고 그 집에는 흑인 여성이 살고 있었다. 내가 40년전 이 집에서 살며 교회 관리와 청소를 했다고 했더니 반가워했다.

이 집에서 살며 차로 운전해 30분 떨어진 학교에 다녀야 했다. 당시 차로 운전을 하면 가스비가 월 20불정도 들었다.

이 가스 비용을 절약하기 위해 모터사이클을 사서 타고 다녔다. 모터사이클을 타면 가스비가 한 달 5불밖에 들지 않아 돈을 절약할 수 있었다.

교회 일은 주일을 앞둔 며칠 동안만 바쁘고 그렇게 일이 많지 않았기 때문에 학교 공부를 끝내고 남은 시간에는 은행에서 파트타임으로 일했다.

하는 일은 은행에서 외부로 발송하는 편지들에 우표를 붙여 발송하고 은행에 들어온 수표들을 모아 레이크 오스웨고 본점에 갖다 주고 돌아오는 일이었다.

이 은행 일로도 하루 5불씩 받았다. 파트타임 치고는 괜찮은 직업이었다.

미국은 여름방학이 2개월 정도로 시간이 길기 때문에 너싱홈에 있는 대형 세탁소에서 직원으로 다섯 사람과 함께 너싱홈에서 나오는 세탁물들을 세탁하는 일도 했다.

시간당 1불 25전을 받았다. 같이 일하던 사람 한명이 나가는 바람에 두 사람 몫을 감당해야 했다.

어느 날 담당자에게 임금을 올려달라고 했더니 그 사람은 봉급 수표를 끊어 준 후 내일부터는 나오지 말고 전화할 때까지 기다리라고 했다.

순진하게 그 책임자의 말을 기다렸는데 전화가 영 오지 않았다. 알고 보니 임금을 올려달라고 해서 해고를 당한 것인데 순진하게 기다린 것이었다.

PART 30

가장 어렵게 산 이민 초기

이처럼 공부하면서 열심히 일을 한 덕분에 돈이 모여지자 한국에 있는 아내를 초청하기 위해 당시 편도 티켓이 400불인 비행기 표를 사서 아내에게 보냈다.

아내와 첫 아들 승재. 미국에 온 여권 사진이다.

드디어 학교에 입학한지 1년만인 67년 10월에 한국에 떨어져 있던 보고 싶은 아내와 16개월 만에 다시 만나 보금자리를 꾸몄다.

포틀랜드 공항으로 마중을 나가니 아내는 혼자가 아니라 돌을 10일 앞둔 어린 아들과 함께 왔다. 정말 반가웠고 기뻤다.

우리 부부는 교회 집에서 살면서 돈을 아끼기 위해 거라지 세일에서 헌옷을 사서 입는 등 이민생활 초기에서 가장 어렵게 살았지만 사랑하는 가족이 함께 하니 더 이상 행복이 없었다.

나는 미국에 빈털터리 무일푼으로 왔다. 한국에서 떠날 때 100불이 있었으나 그 돈으로 동경 공항에서 카메라를 사버리니 미국에 들어왔을 때는 정말 무일푼이었다.

그러나 그동안 열심히 일한 덕분에 드디어 비록 헌차이지만 자동차도 가질 수 있었다.

이민 초기 어려운 살림이지만 낚시로 즐거운 시간도 가졌다.

학교에 다닐 때 차가 없어 30분 거리를 걸어 다녔다. 추운 겨울이면 걸어 다니는데 길옆으로 쌩쌩 달리는 자동차들을 보면 그렇게 부러울 수 없었다. 당시 헌 차 값이 400-5,000불이어서 도저히 살수 도 없었다.

일을 시작해 돈을 조금 모은 후 처음으로 미국에서 1950년도 쉐보레 중고차를 샀는데 고장이 잘났다. 고치려면 돈이 더 들었다.

쉐보레 중고차를 팔고 다음에는 캐나다 제인 스튜드베이커 6기통 중고차를 샀다. 이 차는 가격은 싸서 좋았으나 6기통이라 그런지 엔진오일을 무지하게 많이 먹었다.

이 중고차도 팔고 다른 중고차를 사는 등 이민 초창기에는 돈이 없어 값싼 중고차로 인해 고생을 많이 했다.

차를 운전하기 위해서는 운전 시험을 필기와 실기를 보고 면허증을 따야 했다. 운전이라고는 미국에서 처음 하는 것이고 도로 법규 등을 영어로 필기시험을 보고 실기는 실제 도로에 나가 시험관을 옆에 태우고 운전을 해야 한다.

필기는 간신히 처음에 합격했지만 실기 시험에서는 3번이나 떨어졌다. 미국에 와서 3번이나 운전 시험에 떨어지니 낙심되었지만 지금 생각해보면 그로인해 더 안전 운전을 하게 되어 감사하다.

PART 31

페인트 일로 많은 돈 벌어

가족이 3명으로 늘었으니 어깨는 더 무거워졌다. 그동안 청소원, 관리원, 너싱홈 세탁 일뿐만 아니라 여름에는 남의 집 잔디를 깎아주고 나무를 다듬는 조경 일 등 여러 일들을 했다.

돈을 벌기위하여 닥치는데로 일을 하고 있는 가운데 우연한 기회에 페인트 일을 하게 되었다.

커스토디언으로 있는 미국 임마누엘 루터런 교회 목사님 사택에 페인트를 해야 했으나 페인트를 칠한 경험이 한 번도 없었다.

이민초기 페인트 일을 할때 집주인이 찍어준 사진.
선거 홍보용에도 사용되었다.

그랬더니 교회 총관리인이 한번 해보라며 페인트 칠하는 방법을 가르쳐 주었다

실제로 집을 한번 페인트 칠 해보니 생각보다 어렵지 않았다. 그 후부터 아예 신문에 광고를 내고 페인트 일감을 찾았다.

"신학교 학생. 유 경험, 저렴한 가격" 광고를 냈더니 굉장히 많은 전화가 왔다.

신학교 학생이고 경험도 있

고 가격도 저렴하다니 믿을 수 있는 사람으로 본 모양이었다.

목사님 집 한 채 페인트 칠한 경험밖에 없는 내가 경험이 있다고 광고를 한 것이 양심에 조금 걸렸다.

그러나 단 한 번의 경험도 경험이니 거짓말 한 것은 아니었다.

페인트 일을 하기 위해 차위에 사다리를 묶어 싣고 차 트렁크 안에는 페인트와 장비들을 싣고 다녔다.

일감이 많아 신학대학원을 다닐 때뿐만 아니라 졸업 후 1년까지 4년 동안 페인트 일로 고생은 많이 했지만 많은 돈을 벌 수 있었다.

집의 페인트를 하려면 지금은 접을 수 있고 가벼운 알루미늄 사다리가 있지만 당시에는 15-20피트 되는 무거운 나무 사다리에 올라가 일을 해야 했다.

페인트 일을 혼자 다 했기 때문에 사다리에서 일을 할 때 바람이 세게 불면 누가 붙잡아 주는 사람도 없어 위험하기도 했다.

집이 경사진 경우는 사다리 위에서의 작업이 매우 어려웠다. 그래서 밧줄로 몸을 붙들어 매고 일을 하는 등 안전을 최우선으로 했기 때문에 다행히 아무런 사고도 없었다.

초창기에는 페인트 작업 비용 계산을 잘못해 손해를 본 적도 있었다. 집에 창문이 많으면 시간이 더 오래 걸리기 때문에 돈을 더 받아야 했다.

이것을 몰라서 어느 집의 경우 손해를 보게 되었다. 그 집의 경우 인건비는커녕 페인트 재료값도 안 나올 정도였다.

집 주인 할머니에게 계산을 잘못해서 너무 적게 책정했다고 했더니 그 할머니는 이미 그렇게 계약을 했다며 그럼 그만 두겠느냐고 물었다.

이 말에 내 잘못이라고 시인하고 일을 안 하겠다는 것이 아니고 그냥 설명하는 것이라고 둘러댔다. 그리고 손해를 보면서도 집 페인트를 아주 잘해주었다.

그 집주인 할머니가 알고 보니 그 동네의 리더였다. 그 후 이 할머니가 동네 사람들에게 소개해 주는 바람에 그해 여름 아예 그 동네의 여러 집 페인트 일을 다 맡게 되었다.

물론 그때는 내가 부르는 것이 가격이 되어 여름 내 일한 것으로 1년 내 먹고 살고도 남을 정도로 많은 돈을 모았다.

비록 손해 보는 일이지만 맡은 일에 최선을 다하면 오히려 하나님은 더 큰 복을 주신다는 것도 체험한 귀한 경험이었다.

당시 페인트 일을 하면서 찍은 유일한 흑백 사진이 있다. 이 사진은 페인트를 할 때 미국인 집 주인이 찍어준 것인데 여름철 이어서 페인트가 잔뜩 묻은 반바지 작업복에 운동화를 신었고 힘들어도 웃는 모습이었다.

연방 상원의원 출마시절 선거 홍보 브로셔에 이 사진을 자랑스럽게 소개하고 선거 운동 때마다 미국의 페인트 공이 이젠 사업에도 성공하고 정치인이 되는 아메리칸 드림을 이룩했다고 당당하게 말했다.

아내도 미국에 오자마자 중국집 웨이트리스로 2년 동안 고생했다. 한국에선 여학교 선생님으로 존경받고 편하게 살다가 미국에 와서는 중국식당에서 손님 주문을 받고 무거운 요리를 들고 왔다갔다 고생해 속으론 많은 눈물을 흘렸지만 불평하지 않고 일해 줘서 지금도 고맙게 생각한다.

그때 무거운 것들을 들고 다녀서 지금도 허리가 아프다고 할 정도니 미안하기도 하다. 아내가 육체적으로는 힘들어도 기쁘게 일할 수 있었던 것은 식당 손님들이 놓고 가는 팁이 많았기 때문이었다.

저녁에 집에 돌아오면 팁이 들어 있는 앞치마를 바닥에 내려놓는데 주로 동전이 많아 와장창 동전들이 떨어지는 소리가 들렸다.

당시 아내는 월급과 팁으로 한 달 400불 정도를 벌었다. 이것은 한 달 렌트비 정도로 많은 것이어서 힘들지만 돈 모으는 재미로 일을 열심히 했다.

PART 32

선원 상대 귀국선물 장사

　페인트 일을 하는 동안 새로운 사업의 길이 또 열렸다. 한국에서 포틀랜드 항으로 한국 선박들이 자주 왔다.

　한국에서 오는 선박들은 미국에서 곡물이나 원목들을 수입해 갔는데 모두가 한국 선원들이었다.

　당시 60년대는 한국 경제가 어려워 선원이 되는 것도 큰 선망의 대상이었다. 이들이 포틀랜드 항에 도착하면 포틀랜드 한인교회 김목사님이 이들을 교회로 초청했기 때문에 전도사인 내가 선원들을 차에 태워 한인교회로 데려가 예배를 드리게 한 후 관광도 시켜주었다.

　당시는 외국에 나가는 것 자체가 어려웠던 시절이고 미제라면 한국에서 매우 인기가 있었던 시절이라 선원들은 미국에 오면 한국으로 가져갈 선물들을 많이 샀기 때문에 선원들이 선물을 살 수 있도록 백화점으로 안내해 갔다.

　선원들이 귀국 선물로 제일 많이 찾는 상품들을 보니 비타민, 화장품 등이었다. 그러나 아무리 학생으로서 선원들을 안내해 하루 종일 다녀도 휘발유 값도 받지 못했다.

　그래서 생각한 것이 남 심부름만 할 것이 아니라 선원들이 좋아하는 물건들을 직접 사서 팔아야겠다고 생각했다.

　그때부터 이들이 좋아하는 비타민, 화장품들을 도매상에서 사서 집 차고에 뒀다가 선원들이 오면 직접 팔기 시작했다.

　두바리 화장품, 레브런, 에스티 라우드 화장품, 전기 믹서기 등이 최고 인기 품목이었다.

배가 포틀랜드 항에 들어오면 선원들에게 물건을 팔러 갔다. 그때는 어린 아들 2명을 베이비시터에 맡기지 않고 차 뒷자리에 태우고 아이들을 돌보면서 장사를 했다.

부둣가에 차를 세워놓고 잠시 선원을 만나러 갈 때는 어린 아이들을 차에 두고 나갔다. 이것은 사실 불법이고 위험할 수도 있는 일이었다.

언젠가 일을 끝내고 부지런히 다시 차 있는 데로 돌아오니 2살 둘째 아들은 그냥 차안 카시트에 앉아 있었으나 5살 큰 아들은 어느새 차에서 나와서 밖에 있는 갈매기들을 잡으려고 부둣가를 뛰어 다니기도 했다.

만약 경찰이 봤다면 나는 처벌받고 아이들은 보호기관에 넘겨질 수도 있었으나 다행히 무사히 지나가기도 했다.

선원들이 포틀랜드에 올 때마다 물건을 사는 건수가 늘어나자 더 나아가 도매상을 거치지 않고 물건을 만드는 회사에 연락해 100개까지도 싸게 사서 차고에 쌓아 두었다.

물건이 차고에 넘치게 되자 아예 포틀랜드 다운타운에 '오리엔틀 코스메틱 기프트 샵'을 차렸다.

PART 33

ARJ 비타민 대박과 부동산 사업

특히 아예 각종 비타민을 공장에 주문해 제작하게 한 후 '아메리칸 로열 젤리' (ARJ) 라는 자체 상표를 만들어 직접 팔기 시작했다. ARJ는 각종 비타민과 로열 젤리, 알부민 등 30여종을 만들어 팔았다.

주문이 늘어나자 아예 포틀랜드 디비죤 지역의 건물을 하나 사서 그곳에 사무실과 공장과 보관 창고로 사용했다.

이 제품들을 미국 각 지역 선물센터에 도매로 팔았다. 한마디로 대박이 났을 정도로 사업이 잘되었다. 당시 한국에 가는 사람들은 거의 내 상표의 비타민 선물들을 샀을 정도였다.

이 사업에서도 양심 나쁜 한인들로부터 물건을 많이 주고도 돈도 받지 못하는 등 손해 본 경우도 있었다.

이를 통해 많은 물건을 먼저 주문한 사람은 조심해야 한다는 귀한 경험도 배웠다. 이 비타민 사업으로 기업인으로도 성공할 수 있었다.

뒤돌아보면 20대에는 폐결핵 투병으로 거의 10년간 고생하면서 공부하는 어려움을 겪었다. 그러나 미국에 온 후 30대에는 공부하면서 자립을 했고 40대에는 백만장자라고 부를 정도의 돈을 엄청나게 번 기업인이 되었다.

비타민 사업이 성공하자 우리 부부는 부동산 사업을 하기위해

국제 부동산 직원들. 왼쪽 그레이스 임 브로커

부동산 시험을 같이 보았다. 15일
간 공부를 했는데 부동산 세일즈
맨 시험에서는 내가 첫 번에 되
었으나 아내는 떨어졌다가 다시
합격했다.

  3년 후 똑같이 치룬 브로커 시
험에서는 아내가 합격하고 내가
떨어졌다. 그래서 아내가 브로커

크게 히트한 '아메리칸 로열 젤리' (ARJ) 비타민
회사

가 되어 1980년에 '국제 부동산' 회사를 차렸다.

  그때 아내는 원래 이름인 박영희 대신 미국 이름인 '그레이스'로 하
고 미국에선 결혼하면 여자는 남편 성으로 바꿔지기 때문에 임씨가 되
어 '그레이스 임'으로 활동해 지금도 그레이스 임은 알지만 박영희는
전혀 모르는 사람들이 많다.

  1980년대부터 한국인들의 미국 이민이 크게 늘기 시작할 때여서
부동산 소개업이 매우 잘되었다.

  나는 상용빌딩이나 비즈니스 소개를 맡고 아내는 주택을 소개했다.
이와 함께 우리는 좋은 부동산에는 직접 투자를 했다.

  좋은 상용 빌딩이나 부동산이 나오면 먼저 고객에게 팔려고 노력
했다. 그러나 아무도 사지 않으면 우리가 샀다. 이런 식으로 10년 동안
10개 이상의 부동산에 투자를 했다.

  어떤 부동산은 샀다가 1,2년은 손해를 보기도 했지만 팔지 않고 가
지고 있으니 3,4년 후에는 흑자로 돌아섰다.

  그로서리 마켓을 살 경우 단지 비즈니스만 사는 것이 아니라 건물
까지 포함된 것을 사는 것을 원칙으로 했다.

  땅도 사고 단독 건물도 샀다. 부동산을 사서 장기적으로 관리를 하
다 보니 10년 정도면 페이먼트가 모두 끝나 그 이후부터는 순 수익이
되어 부동산 투자도 성공을 거두었다.

PART 34

목회자 대신 사업가의 길

돈 버는 방법은 기회를 잘 이용해야 한다고 본다. 나는 경험으로 좋은 돈벌이는 부동산에 장기적으로 투자하는 것이라고 믿고 있다.

부동산 가격은 내려 갈 때도 있지만 장기적으로는 반드시 또 올라가기 때문에 가장 안전하다.

금방 벼락부자가 되지 않더라도 시간 싸움으로 장기적으로 기다리면 반드시 안정을 이룬다고 믿는다.

그래서 실제로 눈에 보이는 부동산에 투자를 했지 보이지 않고 종이 상에서 오르고 내리는 주식에는 평생 투자를 하지 않고 있다.

일생에는 돈이 잘 벌릴 기회가 몇 번 있다고 본다. 그때 그 기회를 놓치면 평생 돈 벌기 어렵다.

가난한 사람은 그럴 수밖에 없다고 생각한다. 가난한 사람들을 보면 가난하게 만드는 습관들이 있다.

특히 술, 담배, 도박은 필요치 않은 일에 돈을 낭비하고 건강도 해치는 것이다. 그래서 평생 술, 마약, 담배를 전혀 하지 않는다.

젊었을 때 놀러 다니는 사람들이 많이 있는데 젊었을 때는 열심히 일을 해 돈을 모은 다음 나이 들어 여유가 있을 때 여행도 다녀야 한다고 생각한다.

가난한 사람들은 돈을 모으기 보다는 없어도 돈을 헤프게 쓰는 것을 본다. 미국의 경우 크레디트 카드를 쓰다가 비싼 20-30% 이자율로 이자를 갚다가 원금도 갚지 못하는 경우가 많다.

나는 비자카드를 쓰지만 이자를 내지 않도록 한 달 안에 즉시 다 갚는다. 비자카드를 편리하게 이용만 하는 것이다.

이런 면에서 아내도 조그만 것에도 아껴 쓰는 등 살림을 알뜰하게 해줘서 우리가 일찍 경제적인 안정을 이뤘다고 본다.

한편 이처럼 사업으로 바쁘면서도 신학대학원을 졸업한 전도사로서 열심히 일하고 목사가 되려는 꿈을 실현하려 했다.

그래서 신학교 졸업 후 목사 안수를 받기위해 미국 침례교회를 갔더니 침례 교단으로 교적을 옮겨야 한다는 것이었다.

한국에서 9살부터 성결교회를 다녔기 때문에 할 수 없다고 해서 안수를 받지 못했다.

다음엔 감리교회에 갔더니 거기도 감리교단으로 교적을 옮겨야 한다고 했다.

침례교와 감리교를 찾아간 것은 성결교단은 한국의 자생 교단이어서 미국에는 성결교회가 없기 때문이었다.

그래서 미국에는 없는 성결교단 목사 안수를 미국에선 받을 수가 없었다.

목사 안수를 받지 않고 전도사로서 미국에서 목회 한다는 것은 매우 힘든 형편이었다.

목사 안수 길이 이처럼 막힌 반면 사업이 계속 성공을 이루자 목회를 포기하고 사업의 길을 선택했다.

이 길이 하나님의 뜻인지 아닌지 판단 할 수 없지만 뒤돌아볼 때 하나님의 뜻이었다고 받아들이고 싶다.

5부

한인사회 봉사 시작

PART 35

John Lim이 아니라 John Lymm

뒤돌아보면 많은 어려움과 시련이 있었지만 이처럼 하나님은 나를 좋은 길로 인도해 주셨다.

한국에서는 가난과 폐결핵으로 죽을 고비도 넘겼고 빨갱이 가족으로 낙인까지 찍혔다. 그러나 미국에 건너와 30대에는 고생을 하면서도 신학대학에서 공부를 할 수 있었고 미국을 배울 수 있었다.

40대에는 사업에도 성공해 재정적으로 안정을 가질 수 있었다. 5년 만에 영주권을 받았으며 다시 5년 후인 이민 온지 10년 만에 미국 시민권을 받을 수 있었다.

그래서 우리 부부는 10년 만에 처음으로 한국에 나가기도 했다.

시민권을 받으면서 우리는 영어 이름의 Last name(성) 스펠을 바꾸었다. 사실 지금도 내 이름 영어 스펠은 선거 브로셔나 인터넷 검색에서도 John Lim으로 표기 되어있다.

한국에서는 임용근 (Lim Yong Keun) 이었으나 미국에 올 때 여권에 임(Lim)이라고 표기했기 때문이다.

그런데 미국에 살다보니 미국인들이 Lim 이란 이름을 보고 중국인이냐고 묻는 사람들이 많았다.

우리는 시민권을 받을 때 아예 Lim을 미국식으로 보일 수 있도록 독특하게 Lymm 으로 바꿨다.

발음은 같지만 스펠은 다른 것이다. 그래서 법적으로 정확한 내 이름은 John Lim이 아니라 John Lymm이다. 아내도 Grace Lim이 아니라 Grace Lymm이다.

그러나 그 후에도 많은 사람들이 John Lim이라고 알고 있어 선거 운동할 때나 지금도 외부적으로는 John Lim 이라고 표기하고 있다. 법적으로 선거에 나갈 때 평상 이름으로 쓰는 것이 허용된다.

PART 36

50세에 한인회장 출마

이처럼 40대에 남들이 생각하기에는 '아메리칸 드림'이란 성공을 이루었다. 그러나 50세가 되면서부터 이것이 과연 내가 바랬던 아메리칸 드림은 아니라는 생각이 들었다.

50세가 된 어느 날 포틀랜드 한인 노인회에서 전화가 왔다. 준회원으로 가입시켜 줄 터이니 노인회에 들어오라고 했다.

노인회에 들어오라는 소리에 내가 벌써 그렇게 되었나하고 정신이 바짝 들었다. 실제 당시 포틀랜드 뷔페식당에서는 50세 이상이면 노인 시니어 디스카운트를 해줬다.

50세 이전에 경제적 안정을 이룩했으니 어떻게 보면 더 이상 고생하지 않고 편하게 여생을 지낼 수도 있었다.

아니면 더 큰 욕심을 부려 재벌이 되기 위해 더 큰 사업을 할 수 있었다.

그러나 어릴 적부터 목사가 되어 어려운 사람들을 돕고 사회를 위해서도 일하고 싶었기 때문에 경제적 안정은 바라던 아메리칸 드림은 아니었다.

어느 날 아내와 함께 앞으로 계속 사업을 할 것인지 아니면 사회에 환원하는 차원에서 사회봉사를 해야 할 것인지 상의했다.

아내는 서슴지 않고 사업보다는 이젠 사회봉사를 해야 할 때라고 강조했다.

그래서 50세인 1986년 처음으로 오리건주 한인회장 선거에 출마했다.

미국에 이민 온 후 한인
들의 경우 경제적으로 안
정을 이루면 사회봉사도
하고, 명예도 갖고 싶고 또
사회에서 지도급 인사로서
일하고 싶은 것이 대부분
이라고 본다.

한인회장 선거에서 경선을 한 이자승 후보와 함께

그러나 영어 문제로 미 주류사회에서 봉사하기는 힘들기 때문에 먼저 한인사회에서부터 봉사를 시작하기 마련이다.

제일 먼저 오리건주 한인회장에 출마했다. 그때 만해도 나중에 미국 정치인이 된다는 것은 생각지 못할 때였다.

당시에는 미국에 일찍 온 유학생들이 역대 한인회장으로 봉사했으며 어느 부부는 5번이나 한인회장을 역임했다. 그러나 80년대부터 새로운 이민자들이 많이 늘어나자 한인사회에서 이젠 유학생 아닌 사람들도 회장을 해야 한다는 변화를 요구하는 여론이 일어 기존 한인회측과 비 한인회측이 맞서기도 했다.

심지어 나중에 한인회장이 된 이천형씨와 조광진씨는 한인사회가 개혁되어야 한다며 한인사회 정화 위원회를 만들었다.

비 한인회측은 최동근 씨가 주축이 되어 이젠 한인사회에도 새사람이 나와야 한다고 주장했으나 자신은 회장에 출마하지 않아 내가 대타로 나서게 되었다.

이런 가운데 기존 한인회 측에서 이미 한인회장을 지낸 사업가인 이자승씨를 후보로 재출마시켜 그해 오리건주 한인회 사상 처음으로 대판 선거전이 벌어졌다.

그야말로 기성세대와 신세대와의 피 터지는 싸움이었다. 눈이 많이 오고 길이 얼어붙은 일기에도 1,200여명이라는 많은 한인들이 투표에 참가해 내가 60%정도로 득표해 당선되었다.

선거전의 승리 원인으로는 당시 '현대신문' 발행인인 김헌수 사장이 적극적으로 홍보한 것과 특히 여러 교회와 단체에서 적극적으로 협력을 했기 때문이었다.

당시 이재선 변호사는 선거관리위원장으로 한인회비를 내지 않았어도 모든 한인, 국제결혼 한 부부, 워싱턴주 밴쿠버에 사는 한인도 포함시켰다. 그 당시에 회장이었던 최국주 회장은 인격이 원만하고 합리적인 회장이었다.

오리건주 한인사회가 기존 유학생 리드에서 이젠 새로운 이민자가 한인회를 이끄는 판도로 바뀌게 되었다.

그때까지 한인들은 운전면허 시험을 보아야 되는데 영어를 잘못해 운전면허를 받을 수 없어서 불편을 느끼고 있었다. 그래서 한인회장이 된 후 그 당시 빅 아티에 주지사를 찾아가 한인들에게 한국어로 운전면허 시험을 볼 수 있도록 주정부와 타협을 했다.

그리고 한인회 임원 중에 영어를 잘하는 이형석씨로 하여금 운전규칙과 규범에 대한 책(Oregon Drivers Manual)을 한국어로 번역하여 한인들이 운전면허를 받을 수 있도록 도움을 주었다.

오리건주 한인회장 당시 미주 한인회 총연에도 참가해 부총회장으로 봉사했다. 오리건주 한인회장으로 일하는 것은 오리건주 지역에만 봉사해야 했기에 한계가 있었다.

미주 한인회 총연으로 일하다 보니 미국뿐만 아니라 전 세계의 한민족을 대표해야 한다는 사명감이 들었다.

특히 남북한의 비극으로 빨갱이 가족 낙인이 찍힌 나이기에 뭔가 조국 통일을 위해서도 이젠 일을 해야겠다는 마음이 강하게 들었다.

미주 한인회 총연 총회장으로도 한번 출마하기로 했다.

PART 37

미주 한인회 총연 총회장

그때까지 미주 한인회 총연은 미국 동부주 출신 인사들이 총회장이 되었고 서부에는 LA가 유일했다.

내가 출마하자 전례가 없는 오리건주 촌사람이 총연 총회장에 나온다고 무시했다.

이들에게 오리건주 촌사람 맛을 보여주고 싶었다. 총회장 출마 목표를 세우고 1년 동안 총연 회원이며 투표권이 있는 미국 대도시의 전, 현직 한인회장을 만나는 등 미전국을 5 바퀴나 돌았다.

이들에게 한인회 총연이 동부뿐만 아니라 미 전국적인 조직으로 활동하기 위해서는 오리건주 출신도 회장이 되어야 한다고 설득했다.

회장이 되면 처음으로 세계 한민족 대회도 개최하겠다고 약속했다. 열심히 선거운동을 하는 나를 출마하지 못하도록 동부측에서는 총회장 출마 공탁금을 기존 5,000불에서 무려 10배인 5만 불로 갑자기 올렸다.

그러면 못 나올 줄 알았던 모양이었다. 오히려 제일 먼저 등록했다. 현금이 있어서가 아니었다. 아내도 모르게 은행의 크레디트 라인에서 빌려서 냈다.

비싼 공탁금이 걸렸던지 나 외에는 아무도 출마하지 않아 단독 출마로 총연 총회장에 당선되었다.

동부측이 내가 못나오도록 공탁금을 10배나 올렸다가 오히려 자신들이 파논 덫에 걸린 셈이었다.

총회장 인준을 받는 총회 날까지도 반대 측은 자격심사를 해야 한다면서 꼬투리를 잡았다.

그러나 총회장 인준은 막지 못했다. 당시 뉴욕 모임에서는 가는 곳마다 술잔들이 돌아갔는데 항상 술 마시고 싸우자고 해서 회피했다.

이 일을 통해 배운 교훈으로 그때부터 누구에게나 밥은 사지만 술은 절대 사지 않았다.

술이 있는 곳에서 추태가 일어나는 것을 많이 보았기 때문이다.

지역 한인회나 미주 한인회 총연이든 어떤 단체든 간에 끼리끼리 편을 만들고 실권을 장악해서는 안 된다고 믿는다.

특정 집단이 실권을 잡고 단체를 좌지우지 하는 것은 잠깐 승리할 수 있겠지만 얼마 가지 못한다.

단체는 원리 원칙과 주인의식과 봉사정신으로 움직여야 한다. 내 평생 모든 일이 그랬고 나의 정치 경력에서도 증명하듯 내 신조는 가능성이 있으면 너무 재지 말고 모험심으로 도전해야 한다는 것이다.

또 도전할 경우 박력 있게 추진해야 성공 한다는 점이다.

정치도 남자가 뚝심이 있어야 할 수 있다는 말이 있다. 여기에서 뚝심은 자신의 이론과 철학이 확실 한 것을 말하는 것이지 우매한 모험심은 아니다.

사회봉사나 정치 출마의 경우 자신의 이름을 알리기 위한 명예욕이 아니라 진정으로 사회봉사를 하고자 하는 목적이 있어야 한다.

명예욕으로 출마한 사람은 금방 알 수 있고 오래 갈수도 없다.

그래서 그동안 좋은 정치인이 아니고 주민들에게 봉사하고 섬기는 공복(public servant)이라고 믿고 일했다.

PART 38

세계 한민족 대표자 대회 개최

한국에서 '88 서울 올림픽'이 열린 1988년 미주 한인회 총연 총회장이 된 후 출마전 공약한대로 워싱턴 DC에서 세계 한민족 대회를 개최했다.

제 2회 해외 한민족 대표자 회의

총연위원들은 돈도 많이 들고 세계적으로 연락관계 등 이 대회는 불가능하다고 했다. 그러나 내가 책임지고 대회를 성사하겠다고 했다.

대회는 일본에 이어 2번째 이었지만 미국에서는 처음 열린 세계 한민족 대회였다.

워싱턴 DC 메리오트 호텔에서 열렸는데 공산권 포함 세계 33개국에서 100여명의 대표들이 참가했다.

세계 각 대사관에 이 대회를 알렸는데 세계 각처에서 엄청나게 많은 연락이 왔다.

나는 공산 진영 대표들에게는 비행기 표를 제공하고 여비와 1인당 1,000불 경비까지 제공했다.

이 세계 한민족 대회에서 논란이 일었다. 내가 대회에서 한국 대통령 자문기구인 평화 통일 자문회의가 한국의 어용단체로서 시녀 역할을 하고 있는데 새롭게 거듭나야 한다고 주장했기 때문이었다.

이런 이야기를 한 것은 첫 세계 한민족 대회가 열린 일본 대회의 경우 참가 대표 99%가 모두 평통 위원들이었기 때문이었다.

이 같은 발언에 일본 대표측이 들고 일어나 난리를 치며 사과를 요구했다. 대회 중 30분간 실랑이가 벌어지고 대회가 중단되자 나는 사과하겠다고 일어났다. 그리고 마이크를 잡고 말했다.

"나의 평통 발언은 소신이니 절대 사과하지 않는다. 그러나 나의 발언으로 소요가 발생된 것에는 사과한다."

그제야 소요가 진정되었다. 평통에 사과하지 않고도 소요 발생으로만 사과를 해서 지혜롭게 넘어갔다.

5만 불 공탁금을 내고 총연 총회장이 되고 보니 총연에는 예산이 불과 3만5,000불 밖에 남아있지 않았다.

그래서 그해 내 돈을 들여 총 33만 불을 쓰며 여러 사업을 실시했다. 88 서울 올림픽 때는 한국도 방문했다.

1년 후 다음해에도 연임을 하려 했다. 특히 총연의 자체 건물을 워싱턴 DC에 구입하려 했다.

그러나 차기 회장에 나오려는 측에서 또 5만 불 공탁금을 내야 한다고 하는 가하면 33만 불 경비 감사를 해야 한다는 등 적극적으로 연임을 반대했다.

반대하는 여론이 70-80%까지 이르자 결국 2년 연임을 포기해야만 했다.

당시 연임이 되지 않아 매우 섭섭했다. 그러나 지금은 정말 하나님께 감사하고 있다. 왜냐하면 총연 총회장에 연임되었으면 계속해 지금까지도 한인사회의 울타리를 벗어나지 못했을 것이다.

가다가 길이 막히면 돌아가고 사회에서 일하다가 길이 막히면 더 큰 뜻이 기다리고 있다.

연임이 되지 않아 결과적으로 타 인종사회와 미 주류 사회에 적극 참여한 결과 미 정계에 들어서게 되고 미주 한인 최초로 상원 3선과 하원 2선의 기록에 주지사까지 도전했기 때문이다.

하나님은 우리 인간이 알 수 없는 방법으로 우리를 더 선하게 인도하신다는 것을 다시 확인할 수 있었다.

PART 39

초대형 목각 호랑이 제작

1988년 미주 한인회 총연 총회장 시절 한국에서 열린 88 서울 올림픽에 갔다가 올림픽 빌리지에 대형 목각 호랑이가 있는 것을 보았다.

88 서울 올림픽 상징인 호돌이를 대형 나무 조각으로 아주 잘 만들어 놓은 것을 보고 나도 하나 만들어 미국에 가져오고 싶었다.

수소문을 해보니 대만 교포사회에서 어느 목사님의 주선으로 제작해 대만 교포들 이름으로 기증했다는 것이었다.

나도 대만 교포에게 대형 목각 호랑이 한 개를 제작해 줄 것을 주문했다. 제작자는 1,000년 묵은 나무를 정부의 허락을 받고 만들어 주었다.

제작비가 당시 4만불이고 운임 포함하면 5만불 들었는데 돈도 부족해 은행에서 빌려야 했다.

대형 목각 호랑이는 길이가 7,8피트, 높이가 7피트, 무게가 2.5톤이나 되었다. 그래서 미국으로 가져올 때도 컨테이너 지붕을 뚫고 포틀랜드로 가져와야 했다.

이 초대형 목각 호

오리건으로 가져온 초대형 목각 호랑이

랑이는 도착 후 포틀랜드 동물원에 전시했다. 당시 동물원을 찾은 많은 사람들이 이 초대형 목각 호랑이를 신기하게 보고 사진을 찍는 등 인기가 있었다.

그 후 1,000명의 종업원이 있는 오리건주 톱 제작 회사인 'Cutting System' 회장이 자기가 보관하고 싶다고 해서 그곳으로 옮겼다. 그러나 앞으로 윌슨빌 전쟁기념 박물관이 완공되면 그곳에 전시할 계획이다.

지금 생각하면 돈도 많지 않아 은행에서 돈까지 빌려 만든 것이 어리석다는 생각도 든다.

그러나 호랑이를 만들어 미국으로 가져오겠다는 의도는 미국이 당시 경제적으로 어려움을 당하고 국민정서가 저조한 상태에 있어서 호랑이의 기상을 받아 희망과 용기를 갖기를 바라는 마음이었다.

PART 40

미주 한인 상공인 총연 총회장

88년 미주 한인회 총연 총회장을 하면서도 미주 한인 상공인 총연 (Korean American Chamber Of Commerce USA)에도 봉사를 했기 때문에 다음해인 89년에는 만장일치로 한인 상공인 총연 9대 총회장에 당선되어 서울 롯데 호텔에서 세계 한인 상공인 대회를 개최하기도 했다.

아직까지도 미주 한인회총연 총회장과 한인 상공인 총연 총회장으로 봉사한 사람은 나밖에 없는 것으로 알고 있다.

미주한인상공인 총연합회는 1980년 뉴욕에서 창립되어 올해로 설립 42년째를 맞이하고 있다. 총연은 70여 지역 상공회의소와 함께 약 24만 명의 미주한인상공인 (2010년 미 연방통계청 자료 기준)의 권익을 대표하고 있는 미국 최대의 비영리 한인 사업체 연합기관이다.

미주 한인 상공인 총연은 미 기업 한국진출과 미 지자체 정부 간 결연 등 다양한 활동을 하고 있다.

나는 이와 함께 1989년 워싱턴 DC 세계한민족대회 대회장, 1990년 제1차 서울 세계상공인대회 대회장을 역임했다.

6^부
미 주류사회 도전

PART 41

아시안 시민권자 협의회 의장

미국에 있는 7백여만 아시아계 미국시민권자들을 대표하는 '아시안 시민권자협의회'(AAVC)에는 중국인과 월남인, 일본인 사람들이 주를 이루고 있었다.

한인사회뿐만 아니라 이제는 아시안 사회에도 진출하기 위해 아시안 시민권자 협의회에서 2,3년 열심히 봉사했다.

협의회에서는 한인으로는 진교륜 박사가 오래전에 의장을 했었다. 관례상 의장은 돌아가면서 하기 때문에 차례를 계산해 보니 10년 후에야 의장이 될 것 같았다.

그래서 여기에도 도전해 보기로 하고 중국 사람이 의장이 될 차례에 의장에 출마했다. 33개국 출신 대표들이 선거를 했는데 결국 한 표 차로 내가 이겨서 제6대 의장에 당선되었다.

내 차례가 아닌데도 한 표라도 이겨서 당선된 것은 그만큼 아시안 사회에서도 열심히 봉사를 했기 때문이라고 본다.

여기에서 배운 것은 항상 열심히 봉사를 하다보면 기회가 생각보다 일찍 올 수 있다는 것이다.

이젠 한인사회뿐만 아니라 아시안 사회에 이어 미주류사회에도 한 번 도전해봐야겠다는 자신감이 생겼다.

PART 42

일약 주지사 출마

한인사회와 아시안 사회에 도전해 "나도 할 수 있다"는 자신감을 가지고   55세인 1990년 3월 이번에는 드디어 미국 정계에 입문하기 위해 오리건주지사에 출마했다.

30세에 미국으로 올 때만 해도 감히 미국 정계에 진출한다는 것은 꿈도 꾸지 못했다.

이젠 상상도 못했던 흑인 오바마 대통령도 있었지만 당시는 소수인종 정치인은 거의 없었다.

그래서 얼굴이 노랗고 소수인종인 한인이 정치인이 된다는 것은 상상도 할 수 없는 일이었다.

그러나 25년 동안 미국을 알게 되었고 특히 오리건 한인회장을 비롯해 미주 한인회 총연 총회장, 미주 한인 상공인 총연 총회장, 아시안 시민권자 협회 의장을 하면서 뭔가 하면 할 수 있다는 자신감이 생겼다.

그래서 이번엔 미정치 입문을 해야겠다고 생각은 했지만 미정치 경력이 전혀 없어 어디서부터 시작할까 엄두가 나지 않았다.

보통 정치 입문은 자신이 살고 있는 시의원에 출마해 경력을 쌓은 후 주하원, 주상원 순으로 가는 것이 순서였다. 그런 다음 유명해져야 주지사, 연방 상하원에 출마하는 것이 정석이다.

시의원도 아닌 주지사로 엉뚱하게 도전한 계기가 있었다. 그것은 내가 섬기던 미국 교회 목사님의 권유 덕이었다. 미국에 온 후 줄 곳

'리버크레스트' 미국 교회만을 섬기고 있었다.

초창기에는 한인 교회가 없어 미국 교회를 다니기도 했지만 한국에서 미군 부대 군목을 하기도 했기 때문에 미국 교회에서 영어 설교도 더 배우고 미국인들과 더 빨리 친숙해 미국 문화도 배우고 싶었다.

미국 교회에 다닌 덕분에 미 주류사회를 더 빨리 알게 되었고 특히 미 정계 진출의 결정적인 계기를 가질 수 있었다.

오리건주는 전통적으로 민주당 강세 지역인데 살다보니 나는 열심히 일하고 세금을 내는 반면 일도 안하는 사람들이 정부의 복지혜택만을 받고 있어 일반인들이 부담해야하는 세금은 더 올라갔다.

나는 정치적으로 민주당보다 공화당을 선호했고 시민권을 받은 후에 이미 공화당을 선택했다. 그 이유 중에 하나는 해리 브리지(Harry Bridges) 사건이었다. 그는 미국 서부 부두 노동자 연맹 당수였는데 1967년 서부 지역 모든 항구를 6개월 동안 폐쇄하여 미서부 지역 경제가 파탄되었다. 그는 민주당원이었다.

민주당 보다 보수적인 공화당 정책을 더 좋아한 나였기에 그런 민주당의 정책에 불만이 많았다.

주지사 출마 3년 전이었던 어느 날 예배 후 커피 타임에 교회 짐 에스테스 목사님께 그런 미국의 문제점들을 말했더니 목사님이 대뜸 "John Lim (임용근), 당신이 주지사에 나가보라" 했다.

전혀 생각지도 않았던 이 말에 "아니 목사님 농담하시는 겁니까?" 하고 웃고 말았다.

PART 43

John Lim이 누군가 알리는 작전

시골 농장에서도 선거 운동을 하고 있다.

당시는 정말 정계 진출은 상상도 하지 않았다. 그러나 그 말이 마음 속에 씨로 남아 자라게 되었고 시간이 지날수록 가슴에 뭔가 하나님이 목사님을 통해 계시를 한 것 같은 마음이 들었다.

그래서 정계 진출을 결정했을 때는 나라고 정계 진출을 못하겠는가 하는 "Why not" 마음이 강하게 들어 드디어 결정하게 되었다.

짐 에스테스 목사님은 그 후 MBC TV와의 인터뷰에서 당시 한말은 농담이 아니었다고 말했다.

목사님은 "잔 림은 항상 어디를 가든지 혼자가 아니라 여러 사람들과 함께 합니다. 또 항상 '나'가 아닌 '우리'라고 말합니다. 잔 림처럼 주 정부에는 기독교적 가치를 가지고 있고 정직하고 경험 있으며 주변의 다양한 상황을 보고 특히 자신이 믿는 것에 대해서는 어떤 세력에도 굽히지 않고 추진할 수 있는 사람이 필요하다고 믿습니다."

목사님이 주지사로 출마하라고 말한 것은 농담이 아니었다. 그러나 미 주류사회 정치 경력이 전혀 없고 미국 사람들이 알지도 못하는 내가 출마해 봤자 떨어질 것은 뻔한 일이었다.

그래서 이왕 떨어질 바엔 한인 John Lim이 누군가를 미주류사회에 이번 기회에 크게 알려야겠다는 작전을 썼다.

3월에 주지사 출마를 발표한 후 오리건주는 예비선거가 5월에 있고 이중 민주당과 공화당 대표 각 한명씩 2명을 뽑아 11월 본 선거에서 겨루게 된다.

나는 공화당 후보로 출마했기 때문에 5월 예비선거에서 먼저 공화당 후보 대표로 선정되어야 했다. 미국 예비선거에는 아무나 자유롭게 나갈 수 있기 때문에 당시 공화당 주지사 후보로는 나를 비롯해 7명이나 있었다.

PART 44

오리건의 돈키호테

정치 경력이 전혀 없는 내가 주지사에 출마하자 한인사회에서는 웃음거리가 되었고 돈키호테라는 별명이 붙기도 했다.

그래서 처음 선거자금 모금을 했을 때 한인은 친지밖에 없을 정도로 거의 없었고 다니는 미국 교회 미국인 교인 등 100여명 밖에 없었을 정도였다.

그러나 3월부터 예비선거 5월전까지 무려 25만 불을 선거 캠페인에 쏟아 부었다. 비싼 돈을 주고 정식으로 선거 컨설턴트를 고용했으며 살고 있는 그레샵

론 카튼(Ron Karten) 기자. 후에 나의 상원 보좌관으로 활동했다.

에서 발간되는 주간지 기자인 론 카튼(Ron Karten) 기자를 홍보 담당으로 채용했다.

그 기자를 채용한 것은 언젠가 주간지에 나를 인터뷰했었는데 기사를 보니 일간지 기자보다 너무 잘 쓴 것을 보고 특채한 것이다. 론 카튼은 당시 언론계에서 활동하고 있었던 이동근 씨의 소개로 알게 되었다.

그는 나중에 내가 주상원이 되었을 때 보좌관으로 일하게 되었고 그 후 인디안 카지노의 홍보담당으로 좋은 대우를 받고 일하기도 했다.

주지사 선거는 오리건주 전체 지역이 포함되기 때문에 사실상 전체 주민을 다 만날 수 없다.

가장 좋은 선거 방법은 언론매체를 이용하는 것이다. 25만 불이란 막대한 선거자금으로 TV에 매일 광고를 하고 서북미 최대 신문인 '오리고니안'(Oregonian) 신문에도 크게 소개하는 광고를 냈다.

이처럼 언론에 혜성처럼 나타나자 오리고니안 신문이 이례적으로 1면에 사진과 함께 "잔 림이 누구냐?"라고 크게 소개하기도 했다.

광고를 통해 한국에서 가난하게 살았고 미군부대 하우스 보이를 한 사람이 미국에 와서 청소원, 페인팅부터 성공한 비즈니스맨이 되었다는 아메리칸 드림을 홍보했는데 많은 사람들에게 어필이 되었다.

언론매체를 이용한 막대한 선거 홍보와 함께 적극적으로 선거 운동을 벌였다.

언젠가 유명 단체에서 실시하는 후보들 간의 정견발표인 디베이트가 있었는데 나는 당선 가능성이 없다고 생각했는지 초청도 하지 않았다.

항의를 했더니 10명의 지지 서명을 받아오라고 했다. 쉽게 10명의 서명을 받아 그 디베이트 장에 참석해 정견을 발표하기도 했다.

다른 후보들이 생각할 수 없었던 이 같은 독특한 선거 운동 결과 공화당 후보 예선전에서 비록 실패는 했지만 7명중 2위라는 놀라운 성과를 올렸고 이때부터 내 이름은 미주류사회에 크게 알려지게 되었다.

정치 경력이 전혀 없었으며 소수인종인 한인에게는 이것은 기적적인 성과였다.

비록 낙선했지만 예상외의 선전을 했기 때문에 예전에는 불가능하게만 보였던 미국 정치 무대도 뭔가 할 수 있다는 자신감을 갖게 된 것은 큰 이득 이었다.

무리하게 보여 돈키호테라는 별명이 붙고 웃음거리가 되었던 주지사 출마로 인해 이름이 크게 알려져 결국 2년 후인 1992년에는 오리건주 상원의원에 당선되었고 상,하원 5선의 경력을 쌓고 20년 만에 다시 또 주지사에 도전하였다.

세상은 도전하는 사람의 편이며 도전하는 사람에게 기회가 있다고 믿는다. 또 꿈을 다 이룰 수는 없을지라도 꿈이 없으면 대업을 이룰 수 없다고 강조한다.

PART 45

첫 번째는 알리고 두 번째는 승리

"처음에는 자신을 알리기 위해 출마하고 두 번째는 당선되기 위해 출마한다." 라는 전략이 성공한 것이 나의 주상원 당선이다.

그러나 주지사 선거에서 실패했는데도 1992년 주상원에 도전하자 다시 많은 부정적인 말들이 터져 나왔다.

당시에는 미국 정계에 거의 백인들만 있고 한인은커녕 아시안 계통 사람들도 없었기 때문에 한인 정치인 탄생은 상상도 못할 때였다.

그래서 "해 봐야 안 되는 일", "들어가 봐야 안 되는 일"이라고 반대 여론이 높았다.

심지어 이력서에 상원 출마라는 단어를 넣기 위해 나왔을 뿐이라고 심하게 빈정대는 사람들이 많았다.

한인들 대다수가 상원 당선은 도저히 할 수 없고 안 된다는 불가능한 것으로 여겼지만 나는 확실히 달랐다.

한인들이 미국에 대한 부정적이고 부정확한 정보를 가지고 있기 때문이라고 생각했다.

비록 미국에 살고 있지만 90%가 백인 사회이기 때문에 인종차별이 심하다는 편견이 있었다. 또 영어가 잘 되지 않아 한인사회에만 섬처럼 고립되어 있으니 한인은 정계 진출이 어렵다는 고정관념을 갖고 있었다.

미국은 열린사회이다. 소수 민족들에 대한 인종차별이 있는 것도 사실이다. 그러나 그것 때문에 미국사회나 정계에 진출하는 것이 안 된다는 생각은 버려야 한다.

열린사회가 닫혀 있다고 생각을 하는 소수 인종들이 많다. 그러나 열린사회이기 때문에 누구든지 나가면 열린사회에서 할 수 있다고 믿었다.

한국인의 경우 한국에서부터 미국은 인종차별이 많은 나라라고 알고 왔고 미국에서도 미국을 바로 인식하는 사람들이 드물다.

미국에서 공부를 한 한인들도 대학교에서 학술 공부만 하고 미국사회에 들어가지 않고 와서 미국사회를 잘 모르는 경우가 많았다.

미국사회를 잘 아는 첩경이 바로 교회이다. 그러나 미국에서도 한인들은 미국 교회에 들어가지 않고 거의 한인 교회에 다닌다.

한인들끼리의 동창회, 도민회, 한인회, 한인 상공회의소 등 한인사회 모임과 골프 등 한인 끼리끼리 모이고 그 안에서 활동하기 때문에 미국사회를 잘 모르고 있다.

"우리"라는 단어는 "너와 나"라는 좋은 뜻이 있지만 사실은 돼지나 소등 짐승을 가두어 키우는 '우리'라는 뜻도 있다.

돼지와 소는 우리에 키울 수 있지만 사람인 우리들은 그런 '우리'에서만 살 수 없다. 그래서 한인들끼리의 우리에만 살다보니 미국사회에 대해 동떨어지고 잘못된 인식을 가지고 있는 한인들이 굉장히 많다.

미국에 사는 한인들은 한인들이 갇혀 있는 한인들끼리의 우리에서만 있어서는 안 된다.

미국에 인종차별이 있는 것은 사실이지만 그것을 인정하고 스스로 포기하는 경향은 잘못되었기 때문에 이에 도전해 타파해야 한다고 믿었다.

그것은 상당히 어려운 일이다. 심지어 선거일 당일 한국에서 경기도 여주 군 의회 의장인 고향의 사촌이 나를 찾아왔다.

응원하러 온 줄 알았는데 놀랍게도 떨어질 것이 뻔하니까 위로하러 왔다고 말했다.

한국과 미국에서도 이처럼 나와 생각이 전혀 달랐다. 그래서 일약 주지사에 출마해 미주류사회에 나를 알린 것이었다.

"처음에는 자신을 알리기 위해 출마하고 두 번째는 승리하기 위해 출마한다." 라는 전략이었다.

PART 46

가능성 없는 주상원 도전

무명의 내가 오리건주지사 공화당 예비선거에서 2위라는 돌풍을 일으키자 공화당에서는 당장 나를 주목하기 시작했고 레리 켐블 공화당 의회 하원 의장이 나에게 직접 주하원에 나가면 당선이 되니 주하원에 출마하도록 권유했다.

그러나 나는 주하원이 아닌 주상원에 나가도 당선되는 것이 확실하다고 우겼다. 그랬더니 켐블 공화당의회 하원 의장도 그렇게 하라고 허용했다.

이렇게 해서 주하원도 아닌 더 어려운 주상원에 1992년에 출마하였다. 주하원은 임기가 2년이고 주상원은 임기가 4년이다. 상원과 하원 모두 법을 만드는 것은 같지만 상원은 고위 공무원 인준 등 더 중요한 일을 맡는다.

상원은 11만4,000명을 대표해 오리건주 전체에 30명밖에 되지 않는다. 하원은 5만7,000명을 대표해 2배인 60명이다.

비록 주지사 선거에서 공화당 2위로 돌풍을 일으켰지만 현실적으로 공화당이며 소수인종인 내가 주상원의원에 당선된다고 믿는 사람은 많지 않았다.

왜냐하면 통계로 나타난 기록들은 모두 불리했다.

출마한 선거구는 내가 살고 있는 그레샴시를 비롯하여 일부 포틀랜드시, 트라웃데일, 페어비유, 우드 빌리지로서 인구 10만 명이었다.

현재는 그레샴 시만 해도 인구 11만 명으로 크게 늘었지만 당시 그레샴 시는 오리건주에서 가장 큰 포틀랜드 시의 위성 도시였다.

포틀랜드 위성도시이다 보니 포틀랜드처럼 민주당이 강세여서 민주당원이 공화당원 보다 8%나 더 많은 민주당 우세 지구였다.

더구나 지난 35년 동안 모두 민주당 상원의원들이 싹쓸이로 당선되었기 때문에 공화당은 당선 가능성이 전혀 없는 지구였다.

PART 47

한국인의 끈기로 전력투구

정치 경력도 없는 신출내기에다 공화당이며 한인계 소수인종이고 영어도 잘못하는 내가 당선되기는 거의 불가능하게 보였다.

그야말로 한국인의 끈기와 저력을 가지고 혼심을 다해 전력투구로 선거운동을 벌였다.

오리건 한인회장에 출마했을 때 기성세대와 신세대 측이 맞서 피터지게 전쟁을 했었다. 미국 주상원 선거전도 한인회장 선거에서 하던 선거전 방식과 거의 똑같았다.

기존 민주당 측과 새로운 신인 공화당 후보와의 피 터지는 싸움이었다. 사람이 사는 곳의 선거전은 다른 것이 없다는 생각이 들었다.

이왕 상원의원으로 출마했기 때문에 최선을 다하고 승리해야 했다. 미국 정계를 잘 모르기 때문에 우선 유명한 컨설턴트를 고용했다.

그는 이미 여러 선거에서 승리한 경력이 있었기 때문에 매우 중요했다.

컨설턴트는 돈을 많이 주고라도 좋은 사람을 써야지 그렇지 않으면 낭패이다.

다행히 선거 자금이 여유가 있었기 때문에 공화당에서 추천한 유명 컨설턴트를 비싼 돈을 주고서라도 캠페인 컨설턴트로 고용했다.

그는 경험도 많고 유능해 결과적으로 큰 도움을 주었다. 선거운동의 아이디어만 주면 그들은 디자인하고 프린트하고 우편 발송까지 해주었다. 이것도 다 돈이 드는 것이다.

특히 약점을 보완하기 위해 선거구 지역을 움직이는 지도자들을 영입한 50명의 무보수 자문단을 구성했다.

나의 약점은 백인도 아니고 영어도 잘 못하고 지연과 혈연, 학연도 없는 것이다. 그래서 이를 보완할 자문단이 절실했다.

이중에서 가장 중요하고 제일 잘 알려진 지역에서 존경받고 영웅으로 불리는 사람이 있었다. 그는 미국 평 시민이었고 두 다리를 못 쓰는 장애인이었다.

원래 공군 파이로트였는데 전투기를 착륙시키는 도중 갑자기 두 다리에 뒤늦게 소아마비가 일어나 다리를 쓸 수 없게 되었다.

비상사태로 비행기를 버리고 낙하산으로 탈출 할 수 있었으나 불시착으로 착륙시킨 후 자신은 양쪽 다리 불구가 되었다.

국가에서는 그를 영웅으로 칭하고 평생 살 수 있는 보상금을 주려했다. 그러나 이를 거절하고 자기 스스로 벌어서 살 수 있도록 보험회사를 설립해 일하고 있어 지역에선 영웅으로 존경받고 있었다.

그를 제일 먼저 찾아가 출마에 대해 설명하고 후원이 아니라 자문을 구한다고 말했다. 그는 선뜻 자문단원으로 승낙했다.

다른 사람들에게도 그가 자문단원으로 승낙했다고 말하자 한 사람의 거절도 없이 결국 50명의 무보수 자문단이 생겼다.

PART 48

50명의 무보수 자문단

이들은 한 달에 한번 모여 좋은 의견들을 나누고 각자 사는 지역에서 선거운동을 했다.

이들은 나에게 이 지역의 방패막이가 되었다. 당시 내가 사는 그레샴 시장은 철저한 민주당 여시장이었다.

그녀는 내가 상원에 출마할 정도로 그레샴에서 일한 것이 없다며 나에 대해 막말을 할 정도로 반대했다.

자문회의에서 이같은 여시장에 대한 문제가 거론되자 자문단원 중 여시장을 잘 아는 한사람이 그녀에게 "잔 림을 돕지 못한다면 입이라도 닥쳐라"라고 말하겠다고 나섰다.

정말 그후 나를 반대하던 그녀의 입이 꼭 다물어졌다. 자신이 시장에 재출마할 때 지역의 리더 50명이 반대하면 자신도 당선이 어렵기 때문이었다.

공화당에서는 또 선거운동을 잘하는 로리 여성을 추천해 주어 선거캠페인 매니저로 고용했다. 우리들은 포틀랜드 스탁 스트리트 190가에 아예 사무실을 빌려 상주해 선거 운동을 벌였다.

자문위원들은 언론사에게 나를 지지하는 편지를 스스로 또 계획적으로 써 보내는 운동도 적극 실시했다.

이들은 왜 내가 당선되어야 하는 지 등의 내용으로 'Oregonian' 일간 신문이나 지역 주간지인 'Gresham Outlook'에 지지 편지를 보냈다.

그러면 신문사들이 이를 게재해 주기 때문에 영향력이 컸다.

선거운동원들은 선거구 각 지역 유권자들에게 우편으로 선거 브로셔를 발송했다.

선거 홍보물은 공화당이나 민주당 할 것 없이 모두 보낸다. 그러나 먼저 유권자들을 1,2,3,4 등급으로 나눠 차등 적으로 보낸다.

최하인 1급은 가끔 투표를 하는 사람이고 3등급은 주요 선거만 하는 사람, 최고 4등급은 매번 투표를 하는 진짜이기 때문에 4등급은 필히 보내야 한다.

우리는 매일 선거 사무실에 가서 유권자 명단 중 이미 투표한 사람들을 빼고 등급으로 우편물을 보냈다.

매번 보내는 우표 값도 상당했기 때문에 경비를 아끼기 위해 이같은 작업도 필요했으나 작업이 쉽지가 않았다.

PART 49

선거구 가가호호 3번씩 방문

집 앞 잔디밭에 나를 지지한다는 사인 피켓을 꽂는 운동도 벌였는데 당시 오리건주 사상 가장 많은 3,000개의 피켓을 꽂았다.

당시 선거구 주민 인구가 10만 명이었기 때문에 10집에 1개꼴로 내지지 피켓을 꽂은 막대한 양이었다. 정말 동네 곳곳에 "John Lim" 사인판이 꽂혀 있었다.

피켓을 꽂기 위해서는 먼저 주인의 허락을 받아야한다. 나와 아내, 가족 그리고 자원봉사자들은 가가호호를 방문해 허락을 구했다.

아내는 선거운동의 조직을 매우 잘했다. 우리가 어느 지역을 가기 전 아내는 그 지역 집들의 이름, 주소, 소속 당까지 미리 파악해 도움을 주었다.

공화당이나 민주당 모두 집 주인에게 선거운동에 대해 설명하고 선거가 끝나면 다시 빼가겠다고 하면 거의 허락을 해주었다.

그러나 그 후 다시 동네를 돌아보니 어느 집에는 피켓이 없었다. 집 주인은 내가 민주당인줄 잘못 알았다며 피켓을 뺀 이유를 설명했다.

어느 집에는 피켓이 10개나 있었다. 아이들이 장난으로 다른 곳에서 빼 이곳으로 옮겨 논 것이었다.

어느 곳에서는 아예 빼서 다른 곳에 버린 것도 있었다. 다 선거의 과정이었다.

특히 선거구 모든 집들을 가가호호 3번씩이나 방문해 선거운동을 하느라고 운동화가 3,4 켤레나 떨어졌을 정도였다.

이것은 고등학교 농구선수 시절 배웠던 맨투맨(Man to Man) 작전을 이용한 것이었다.

농구의 맨투맨 작전은 한 사람을 책임지고 끝까지 쫓아다니는 것이기 때문에 선거구 주민 한명 한명을 귀찮게 할 정도 쫓아다니는 선거운동을 폈다.

낮 시간 뿐만 아니라 밤과 새벽에도 집을 방문해 문을 두드려서 나오는 주민들의 반응은 정말 다양했다.

이번 선거에 주상원으로 출마한 잔 림 후보라고 소개하면 많은 사람들은 먼저 무슨 당이냐고 묻는다.

공화당이라고 말하면 자신도 공화당이라고 지지하는 사람들도 있다. 그러나 골수 민주당원 어느 집주인은 공화당이라고 하자 큰 소리로 "Son of x" 욕을 하며 총을 가지러 집으로 들어가겠다고 말해 도망치듯 떠나기도 했다. 물론 농으로 한 것이겠지만 섬뜩한 경우도 있었다.

그래서 그다음부터 무슨 당이냐고 물으면 나는 당보다 "I am an American." 이라고 답변을 했다.

그러면 대부분 웃으며 민주당이라도 화를 내지 않는다. 이 대답이 지금도 재치 있다고 생각한다.

여성들의 경우 Pro Life(낙태 반대)이냐 Pro Choice(낙태 지지)를 묻는다. 프로 라이프는 대부분 공화당이고 프로 초이스는 대부분 민주당이다.

민주당이 많은 지역에서 낙태 반대를 노골적으로 주장하면 정치 생명이 끝날 정도로 문제가 심각하다.

낙태를 반대하는 공화당이지만 이 같은 예민한 이슈를 피하기 위해 "I am a Christian" 이라고 간접적으로 대답하면 모두 만족을 한다. 이 대답도 아주 좋은 것이라고 생각한다.

선거운동에 돈을 많이 쓰는 것을 보고 어떤 사람은 문선명의 통일

교인들을 조롱하는 어투인 무니(Moonie) 파냐고 묻기도 했다. 그럴 때도 크리스천이라고 당당히 말했다.

천주교 신부 집에서는 "민주당 후보나 공화당 후보 둘 다 나쁜 evil 인데 John Lim 은 less evil" 이라는 말을 듣기도 했다. 이것도 나를 찍기 때문에 좋은 표현이었다.

언젠가는 집 문 앞에 방해하지 말라는 "Do not disturb" 사인이 있는데도 불구하고 문을 두드렸다.

집주인이 나오면서 집 앞의 사인을 봤느냐고 성내고 물었다. 이 경우 미안하다며 사과하고 떠났다.

어느 집에서는 갑자기 개 한 마리가 나와 물려고 해서 가방으로 앞을 막고 뒷걸음 쳐서 떠났다.

여름철 어떤 집을 방문했을 때는 개에 물리기도 하는 등 정말 가가호호 방문 선거운동은 힘들고 어려웠다.

그러나 어떤 집을 방문했을 때 그 주인은 "나는 평생 공화당을 찍어 본 적이 없지만 처음으로 공화당인 당신이 우리 집에 왔으니 처음으로 공화당을 찍겠다." 라고 말해 크게 격려가 되고 용기를 얻을 수 있었다.

이 경우는 나에게 한 표가 오지만 상대방에게는 한 표가 없어지는 두 배 효과가 있기 때문에 매우 중요하고 고무적인 것이었다.

나뿐만 아니라 아내와 선거운동원들은 같이 움직이거나 따로 나눠 지역을 나눠 가가호호를 방문했다.

어느 날 한 집에 갔더니 집주인이 "당신 딸이 벌써 다녀갔다"고 말했다. 집주인은 아내를 젊은 딸로 잘못 보았지만 그 소리가 나쁘지는 않았다. 아내도 매일 아침부터 밤늦게까지 모든 선거운동을 조직하고 함께 뛰는 등 나 보다 더 많이 고생하면서 선거운동을 부부가 함께해 천생연분임을 다시 확인했다.

PART 50

압도적 차이로 승리

첫 오리건주 상원의원 당선 후 선서를 하고 있다.

지성이면 감천이라고 이처럼 가가호호 방문을 하며 주민들에게 선거운동을 하는 동안 많은 주민들은 당을 떠나서 선거후보가 이례적으로 직접 집을 방문해 준 것에 감사하고 마음이 통하자 투표해주겠다고 말해 용기를 주었다.

거의 대부분의 미국 정치인들은 선거구가 넓고 선거구 주민들이 많기 때문에 직접 집을 방문하는 사람들은 거의 드물다.

더구나 모든 집을 3번이나 방문한 후보는 아마 나밖에 없다고 본다.

가가호호 방문은 힘들었지만 그럴수록 주민들의 반응이 좋아지는 것을 알 수 있었고 갈수록 당선 가능성이 크다는 것을 느낄 수 있었다.

선거운동 기간에 많은 선거자금을 모아야 그 후보에 대한 지지도를 알 수 있어 매우 중요한데 언젠가 한인사회에서 하루 모금에 4만 불을 모금해줘 미 주류사회가 놀라기도 했다.

처음에 선거 기금을 낸 사람들은 내 체면을 보고 도와준 친척들이 많았다. 그러나 나중에는 많은 한인들이 참여해 주었다.

언젠가 한인사회 모금의 밤 행사에는 서울 영락교회의 무궁화 합창단까지 출연해 특별찬양을 해주기도 해 감사했다.

나의 상대 룻 맥팔란 민주당 후보는 전직 주상원을 역임했으며 당시 메트로 의원이었을 정도로 쟁쟁한 여성 현역 정치인이었다. 바위에 계란 던지기 싸움이었다.

끈질긴 선거운동으로 승산이 보였으나 투표 마지막 한 달이 가까워지니 솔직히 불안해지기 시작했다. 나는 이것이 마지막이라는 생각으로 총력을 기울였다.

선거구는 민주당원들이 공화당보다 8%가 많았다. 이기기 위해서는 8% 이상을 득표해야 했다. 무소속(Independent) 유권자들과 Moderate Democratic (중도 온건 민주당원), 즉 Reagan Democratic(민주당이지만 공화당 레이건을 찍은 사람) 표를 얻기 위해 최선을 다했다.

일주일 전부터는 막대한 선거 비용을 썼다. 미국에서 선거 비용을 쓴다는 것은 옛날 한국처럼 유권자들에게 술이나 음식을 사주거나 향응을 베풀며 표를 사는 것이 아니다.

미국에서 가장 효과적인 것은 유권자들에게 선거 홍보물을 발송하는 것이다. 그래서 일주일 동안 유권자들에게 3번이나 더 메일을 보냈다.

일부에서는 선거비용을 아끼기 위해 한번 여론조사를 해보자고 했다. 그러나 여론조사에 드는 비용으로 오히려 유권자들에게 홍보 우편물을 대량으로 보냈는데 이 작전이 들어맞았다.

그러나 계산을 해보니 5,000불을 들여 여론조사를 했으면 내가 이미 상당히 앞서 있었기 때문에 그 후 일주일 동안 8만 불을 쓰지 않아도 되었다. 결과적으로 7만5,000불을 손해 보았다.

이처럼 열심히 선거운동을 하고 막대한 선거비용을 쓰고 조용히 하나님의 뜻이 무엇인지 결과를 기다렸다.

개표결과 정치 경력도 없는 내가 59대41이라는 압도적 차이로 유명 정치인을 물리치는 압승을 거두었다. 그것도 민주당 표밭에서 공화당인 내가 35년 만에 기록을 깬 것이었다.

정말 하나님께 감사했다. 뿐만 아니라 이날을 시작으로 하나님은 나를 더 사용하셨다.

PART 51

도전 할 바에는 총력 다하라

이 선거전을 통해서도 귀한 교훈을 배웠다. 가능성이 있으면 결단을 하고 도전하라는 것이다.

미국 정치벽도 막상 도전하기 전에는 태산처럼 높아 오를 수도 없을 것처럼 보였다. 그러나 막상 승리하고 보니 역시 "태산이 높다 하되 하늘 아래 뫼이로다. 오르고 또 오르면 못 오를리 없건마는 사람이 제 아니 오르고 뫼만 높다 하더라" 하는 양사언의 말이 맞았다.

도전을 할 바에는 총력을 다해야 한다. 특히 선거전에는 막대한 선거 자금이 있어야 승리할 수 있다.

첫 주지사에 도전했을 때 미국 신문 기자들이 처음에 물은 것은 무슨 선거 이슈가 있느냐가 아니었다. 그들은 선거에 쓸 돈이 얼마나 있느냐고 물었다. 당시는 우편으로 유권자들이 투표하는 제도가 없어 투표일 날 모두 투표장에 나가 투표를 해야 했다.

그래서 투표 일주일 전부터 많은 선거자금을 사용한 것이 막판에 공화당이나 민주당도 아닌 무소속 유권자들의 마음을 움직였다고 본다.

승리할 수 있었던 것도 비싼 돈을 주고라도 좋은 선거 컨설턴트를 잘 썼기 때문이었다. 여하튼 선거자금이 많아야 승리할 수 있다는 교훈이었다. 미국인 정치인들과 달리 한국식으로 가가호호 방문을 한 것도 큰 효과였다. 당선된 후 나의 선거구 300개 지역을 분석해보니 한곳만 빼고 다 내가 이겼다.

진 곳을 알아보니 안 가본 곳이었다. 이상하게 그 지역이 선거 지역에 빠져 있어 가지 않은 것이었다.

오리건주 상원의원에 당선된 것은 오리건주 한인 이민 사상 최초였을 뿐만 아니라 미국 이민 1세로서도 처음인 역사적인 것이었다.

15년 전 하와이 이민 3세가 하와이 주상원에 당선된 적이 있었고 캘리포니아에서도 아더 송 한인 2세가 당선은 되었지만 한인 1세로는 내가 첫 기록이었다.

주 상원으로 당선된 같은 날 이웃 워싱턴주에서도 반가운 소식이 들렸다. 워싱턴주 한인사상 최초로 신호범 박사가 주하원의원에 당선되었다.

캘리포니아에서는 연방 하원의원으로 다이아몬드 바 시장이었던 김창준씨가 당선되는 쾌거를 이룩했다.

지금까지 정치는 백인들만 하는 줄 알았는데 이젠 우리 한인들도 할 수 있다는 것을 보여주었다.

승리한 한인 3명중 나의 당선은 더욱 의미가 있었다. 신호범 의원은 17살 때 미국에 입양되어 미국인 가정에서 자라고 미국에서 공부해 박사가 되었을 정도로 영어가 유창하다.

나보다 한 살 어린 김창준 의원도 22세에 미국에 유학 와서 대학에서 공부를 하고 기업가로 성공했으며 이미 다이아몬드 바에서 시의원과 시장을 역임했었다.

나는 제일 늦게 30세에 미국에 와서 영어도 어눌하고 더구나 정치 경력은 전혀 없었다.

지금도 만나는 미국 사람들은 나에게 처음에는 영어를 못 알아들었는데 이젠 잘 알아듣는다고 농담을 할 정도다.

사실 그만큼 영어가 늘었다고 볼 수 있다. 이 같은 영어 콤플렉스로 영어 공부도 많이 했다. 저녁에 잠자다가도 단어가 생각이 안 나면 불을 키고 사전을 찾아보고 기억했다.

이젠 선거운동과 20년 의회 활동을 통해 미국인들처럼 본토 발음은 아니지만 자신 있게 연설을 할 수 있게 되었다.

지금은 어떤 디베이트 정치 토론회에 가더라도 준비가 없어도 자신 있게 연설하고 답변할 수 있게 되었다. 이것이 바로 20년 정치 경력의 결과라고 본다.

1992년 4월 LA에서 흑인 폭동이 일어나 한인 타운이 파괴되었을 때 미주 한인사회가 크게 좌절했었다. 한인사회에는 우리들을 대변할 한인 정치인이 없었기 때문이었다.

그러나 그해 11월 나를 비롯해 신호범, 김창준 의원의 당선으로 미주 한인사회는 새로운 희망을 갖게 되었고 그로인해 한인 정치력 신장의 계기가 되었으며 이어 다른 한인 정치인들도 배출되기 시작했다.

PART 52

공화당이 된 이유

　내가 왜 공화당이 되었는가를 설명해야겠다. 한국에서는 정당이 선거 때마다 하도 많이 바꿔져서 정당 이름도 모를 정도이다.

　그러나 미국에서는 민주당과 공화당 양당 정치가 아주 뿌리 박혀있고 이 2당에서 대통령과 연방 상원부터 주상,하원, 주지사까지 주요 정치인들이 배출된다.

　미국에 처음 와서는 민주당이나 공화당이 어떻게 다른지도 몰랐다. 그러나 살다보면서 신문을 통해 양당 의원들이 추구하는 정책들을 알게 되니 스스로 공화당 정책을 지지하게 되었다.

　민주당은 너무 진보적이고 자유적이어서 동성연애와 동성 결혼까지 지지하는 가하면 낙태도 지지하고 있다.

　내가 살고 있는 오리건주와 워싱턴주 그리고 캘리포니아 미 서부에는 이 같은 민주당이 거의 지배적이다.

　선거 때 동성애를 반대하거나 낙태를 반대하는 입장을 나타내면 당선되기가 어려울 정도이다.

　특히 민주당이 웰페어 복지 제도라는 명목으로 멀쩡한 사람들에게도 각종 혜택을 주는 것에 반감이 갔다.

　우리 같은 사람은 열심히 일해서 세금을 내는데 미국에서는 많은 사람들이 일도 안하고 정부에서 주는 돈을 받고 노인부터 손자까지 의료 혜택을 받으며 살고 있었다.

　결국 우리가 내는 세금 낭비였고 그들을 자립시키기 보다는 더욱 나태하게 만들고 있었다.

복지를 받는 저소득 여성의 경우 아이를 낳으면 더 많은 웰페어를 주기 때문에 일도 안하고 또 애기를 낳는 등 문제가 많다.

진정한 복지 제도란 일을 할 수 없는 장애인이나 정신적으로 문제 있는 사람들을 도와주고 또 일반인들도 문제가 생기면 일시적으로 도와줘 자립을 시켜야 한다고 본다.

오리건주의 경우 그 당시 250만 인구 중에 10만 명이나 일을 안 하고 복지만 받고 있으니 재정은 더욱 어려워지고 세금은 낭비가 되어 더 오르기만 하기 때문에 열심히 일하는 사람들이나 기업인들에게는 더 불이익을 당하는 것이다.

민주당이 이 같은 사실을 알고도 잘못된 복지 제도를 유지하는 것은 단지 선거에서 이들로부터 민주당 표를 더 받기위한 정치적인 목적이라고 밖에 생각되지 않았다.

그래서 공화당이 되었고 상원의원이 되어서는 의회에서 실제적으로 잘못된 오리건주 복지 제도를 크게 개혁했다.

상원의원이 되기 전 오리건주 상원은 30명 중 공화당은 10명이었고 민주당이 20명으로 두 배가 많았다. 공화당은 전혀 힘을 쓰지 못했었다.

그러나 내가 들어갈 때는 공화당은 14명으로 늘었고 민주당은 줄어들어 16명으로 2명이 많았다.

따라서 공화당이 한 석만 더 많으면 민주당과 같은 수가 되기 때문에 한표가 매우 중요했다.

마침 중국계 민주당 의원이 공화당처럼 보수적이어서 나와 함께 일해 이 경우 15대 15 동표가 되어 민주당을 견제할 수 있었다.

처음 상원에 들어간 후 내가 무엇을 해야 하는지를 잘 몰라 빅 아티에 (Victor Atiyeh) 공화당 주지사에게 어떻게 해야 하느냐고 물었다.

그랬더니 주지사는 단순히 "Common Sense" 즉 상식적으로 처리하라고 답변했다.

그래서 공화당이지만 안건에 따라 상식적으로 투표를 했다. 나는 공화당이지만 민주당 정책도 적극 수용할 수 있는 진보성이 있고 독립성도 있다. 공화당 내 보수파는 내가 봐도 너무 오른쪽이다.

나는 민주당도, 무소속도 끌어안는 정책적 이념을 갖고 있다. 지난번 이라크 전쟁도 공화당이지만 소신 있게 반대를 했다.

그래서 의회에서는 공화당 잔 림 의원은 민주당과도 이야기 한다고 소문 나 있었다.

PART 53

상원 3선과 하원 2선 활약

1992년 오리건주 상원 11지구에 첫 당선된 후 4년 임기 후인 1996년 재선에서는 압도적인 86%를 획득해 당선되었다.

특히 무역 경제개발위원회 위원장으로 활약해 미 주류사회 정계와 주민들로부터 큰 인정을 받았다. 그러나 오리건주 법으로 2회 이상은 연임할 수 없어 상원 의정 활동 8년 후인 2001년 1월 상원 직을 은퇴했다.

그러나 그 후 임기 제한법이 폐지되어 3선도 가능하게 되었다. 마침 나의 선거구 후임 상원의원이 워싱턴주 안전관리국장에 임명되어 공석이 되자 그 자리에 카운티 의회에서 나를 갑자기 상원의원으로 선출했다.

법적으로 의회 의원의 공석이 생기면 그 지역 카운티 의회에서 같은 당의 사람으로 선출할 수 있었다. 그 때 후보로 공화당 보수파 한 사람과 내가 경쟁이 붙었다. 카운티 의원은 5명인데 모두 민주당이었다. 투표결과 4대1로 내가 당선되었다. 그래서 2004년 1월 일약 상원 3선이 되었다.

상원 3선후 다시 4선에 출마할 수 있었으나 마침 그때 한인 3세가 같은 구에서 예비선거에서 민주당 상원의원으로 출마하게 되자 상원 직을 양보하고 오히려 2년 임기인 주하원의원에 2004년 출마해 당선되었다. 그러나 한인 3세는 탈락했다.

또 2006년 다시 주하원 선거에서 재선되었다. 그러나 당시 불었던 민주당 바람으로 인해 3선에는 아깝게 실패해 2009년 1월로 의정생활을 마감했다.

그러나 그 후 더 큰 일을 할 수 있는 기회가 이어졌다. 끝난 것은 끝난 것이 아니고 새로운 시작이다.

PART 54

미국, 한인사회, 조국 위해 많은 일

이같은 상원 3선과 하원 2선 기간 한인 1세 의원으로서 미국과 한인 사회 그리고 조국을 위해서 많은 일을 했다.

상원시절 초선 때부터 경제, 무역분과 위원회 부위원장을 맡았고 95년부터 6년 동안은 무역 경제 분과 위원장을 맡아 오리건주 경제발전에 힘써왔다.

특히 오리건주에 외국, 타주의 하이테크 기업들을 적극 유치하기 위해 각종 세금 혜택을 주는 경제 특별 구 36개 지정 법안으로 기업들의 투자 발판을 마련했다.

하이테크 기업들의 경우 75% 세금 혜택을 주도록 해 10억불 이상 투자 유치에 성공했다.

경제 특구를 설정해 1억불 이상을 실업률이 높은 시골이나 소수인

종이 사는 지역에 투자할 경우 세금 100 %를 감면해 주어서 포틀랜드 흑인 지역을 비롯 여러 지역에 당시 30개 기업이 50개로 늘어나 수만 명 일자리가 생겼다.

임용근 의원 등 오리건주 무역 대표단이 한국의 현대전자를 방문했다.

이 같은 노력으로 현대 반도체가 유진에 입주했으며 1단계 사업으로 800명 이상 종업원을 고용할 수 있었다. 후지수, LSI, 인텔 회사 유치 등 많은 고용도 창출했다.

출마당시 미 평균보다 10%나 낮았던 오리건주 개인 소득률을 거의 미평균 수준으로 끌어올리게 했다.

국제 무역에서도 25년 전에 일본의 1/10밖에 되지 않던 한국과의 교역량을 일본을 크게 제치고 한국이 1위를 차지하게 만들었다.

한국이 1위를 차지할 수 있었던 이유는 한국 전자업체의 수입, 대한항공 화물기를 통한 나이키 등 오리건 제품 수출 등이 원인이다.

법사위원회, 복지위원회, 정부관리기구 위원회, 의회 입법위원회 분과위원장으로도 활동했다.

하원에서도 무역, 경제 분과위원장을 맡아 그레샴 예술의 전당에 10만 불을 지원했고 오리건주 레이니 데이 펀드로 3억불을 비축해 어려울 때 잘 사용했다.

대체 에너지 안을 공동 발의해 2025년까지 휘발유, 전기 25%를 풍력 발전, 태양열, 바닷물 등 그린 에너지로 대체시켰다.

또 미국학생들이 세계 17개 선진국서 수학이 꼴찌라는 점에서 수학, 영어 향상을 위해 졸업 필수 과목 요구 학점을 수학은 2학점에서 3학점, 영어는 3학점에서 4학점으로 높였다.

PART 55

자녀 교육 질적 향상 노력

한인들이 이민 생활에서 최우선으로 여기고 있는 자녀 교육 질적 향상을 위해서도 노력, 오리건주의 주민 1인당 낮은 교육예산을 증액했으며 교사 급여도 미국의 상위권으로 올리게 했다.

오리건주 인구 4%인 아시안 사회를 위해서도 노력해 12명으로 구성된 주지사 산하 정부기구인 아시안 어페어 커미션(Commission on Asian Affairs)도 발족시켜 95년 곽성국씨를 초대 회장으로 임명케 했다.

당시 흑인 커미션과 히스패닉 커미션은 있었는데 아시안 커미션은 없었다. 92년 발생한 LA 흑인 폭동으로 인한 한인사회 피해도 정부와 각 인종사회와의 대화 창구가 없었기 때문이었다.

내가 발족시킨 아시안 어페어 커미션은 정부와 아시안 사회의 대화 채널이 될 뿐만 아니라 아시안들의 주요 이슈들을 주정부에 건의할 수 있는 주요 기구가 되었다.

이 커미션 법안도 만약 예산이 소요된다면 통과시키기 어려운 상황이었다. 그래서 돈을 줄 필요가 없다고 설득시켜 일단 법안을 통과시켰다.

그리고 나서 나중에 주지사에게 요구해 필요한 예산을 커미션에 배정토록 했다. 이를 통해 정치도 현명한 지혜가 필요하다는 것을 깨달았다.

5월 3째 주를 아시안 아메리칸 문화 주간으로 정하는 법을 통과시켜서 이 기간 각 학교 등에서 자랑스러운 아시안들의 문화, 전통 등을 가르치도록 했다.

공공 안전을 위해 주경찰 100명도 증원했고 국제 무역 증대에도 힘써 1993년 30억불에서 2009년에는 170억불로 5.5배가 늘어났다.

PART 56

오리건주 한인의 날 제정

　하원시절 한국인의 미국 이민 100주년을 기념하기 위해 매년 1월13일을 오리건주 '한인의 날' (Korean American Day)로 제정하고 이 한인의 날을 매년 주최하는 9명의 커미셔너를 주지사가 임명토록 했다.

　이로인해 타 지역의 경우 한인의 날 행사 때마다 어느 단체가 주최할 것인가를 놓고 다투기도 하는데 오리건주는 아예 한인의 날 커미션이 주최하도록 법으로 정했기 때문에 전혀 문제가 없다.

　이 한인의 날 커미션은 이준성씨가 회장으로 일했다. 오리건주 Ted Kulongoski 주지사는 2007년 4월27일 이 법안에 서명했다.

　이 자리에는 주지사와 상,하원의장, 법무장관, 의원 그리고 권찬호 시애틀 총영사, 한인회 임원 등이 참석해 'Korean American Day' 제정을 축하했다.

　크롱고스키 주지사는 이날 "1903년 1월13일 미국 하와이에 첫 정착한 한인의 날을 기리기 위해 연방의회가 지난 2005년 매년 1월13일을 '미주 한인의 날'로 공식 지정했으며 오리건주에서도 임용근 의원의 노력으로 한인의 날을 제정하게 되었다." 라고 축하했다.

　또 오랫동안 같이 일해온 임의원은 위대한 미국인이고 오리건 주민일뿐만 아니라 자랑스러운 한인이라고 소개했다.

　특히 "영광스런 이날을 선포하게 되는 기쁨을 모든 한인들과 함께 나누고 싶다."라며 "오리건주와 무역 상대국 2위인 한국과 오리건주 발전에 크게 기여하고 있는 한인들에게 늘 감사한다."라고 말했다.

권찬호 시애틀 총영사는 "한국과 미국의 관계가 더 긴밀하고 강해지고 있는 가운데 뜻 깊은 오리건 한인의 날 제정 서명식에 참가한 것에 매우 영광스럽고 감사하다." 라고 기뻐했다.

또 미주 한인들은 근면하고 교육열이 강해 미국 문화와 경제 발전에 기여하고 있으며 이같은 다양성이야말로 미국의 위대한 경쟁력이 되고 있다고 덧붙였다.

나는 인사말을 통해 매우 뜻 깊고 특별한 Korean American Day 법안 통과를 위해 노력 해준 주지사와 주의원들에게 감사하고 오리건주 4만여 한인들은 오리건주와 미국의 발전을 위해서도 헌신하고 있다고 말했다.

이처럼 내가 입법화 시킨 아시안 커미션과 한인의 날 커미션을 통해서도 곽성국, 이준성씨 같은 유능한 한인들이 미주류사회에도 적극 참여할 수 있는 기회도 만들어 감사하다.

PART 57

통과되지 못한 등산 안전법안

한편 내가 제안한 주요 법안들이 통과되지 못해 아쉬운 것들도 있었다.

나는 등산 할 때 오리건 주민의 안전을 법적으로 보호해야 한다는 내용을 골자로 하는 '4가지 안전 법안'을 오리건 주하원에 상정했다.

당시 미전국적으로 큰 슬픔을 준 제임스 김, 제리 쿡씨의 오리건주 산악지대 조난사고를 보고 법안 상정의 필요성을 느꼈다.

샌프란시스코 거주 한인 제임스 김(35)씨 실종사건은 2006년 11월 25일 발생했다.

제임스 김 부부와 딸 둘은 시애틀에서 추수감사절을 보내고 샌프란시스코로 돌아가는 길에 오리건 해안의 골드 비치 인근에 있는 휴양소인 투투툰 라지로 향한 길로 가려다가 출구를 놓친 후 다른 경로를 통해 해안 쪽으로 가려했다.

그러다가 베어 캠프 로드 인근에서 폭설을 만나고 길을 잘못 선택해 길을 잃게 되었고 내린 많은 눈으로 그만 조난당했다.

이들은 구조대에게 위치를 표시해 보이기 위해 타이어를 태우기도 했지만 발견되지 못했다.

미국 전역은 물론 전 세계의 관심을 끌어 모았던 실종사건에서 끝내 김씨는 싸늘한 시신으로 발견되었지만 9일 만에 세 모녀는 극적으로 구조되었다.

또 한인 어머니와 미국인 아버지 사이에서 태어난 외아들로 뉴욕

맨해턴의 대형 로펌에서 일하고 있던 산악인 제리 쿡(36) 변호사는 2006년 12월 10일 다른 2명과 함께 오리건주 최고봉인 해발 1만1,239 피트의 마운트 후드의 정상을 정복하고 하산도중 폭설을 만나 실종되었다.

내가 하원에 상정한 법안 내용은 첫 번째가 등산 시 위치추적장치 (GPS)를 의무적으로 착용해야 한다는 것이다.

이미 오리건의 많은 등산로에서 GPS 장치를 5달러에 빌릴 수 있다. 5달러에 목숨을 구할 수 있다면 당연히 법제화 시켜야 했다.

두 번째는 셀룰러 폰, 크레디트 카드 정보 개방이다. 조난 시 '시간과 정보'는 가장 중요한 요소다.

관련회사들은 가까운 친척들의 이에 대한 정보 요구를 들어줘야 한다. 또한 명령체계 단일화를 위한 기구편성과 산악도로의 도로 표지판 훼손 시 처벌을 강화하는 내용도 3, 4번째로 포함시켰다.

제임스 김의 아버지 스펜서 김씨는 10년 넘게 알고 지내오던 사이였다. 그리고 제리 쿡의 한국인 어머니를 만나고 나서는 가슴이 미어지는 고통을 체험했다.

오리건주는 세계적으로 유명한 등산로가 많다. 한국계 뿐 아니라 등산객 전체를 위한 안전장치는 꼭 마련되어야 한다.

그러나 이 법안은 오리건주 산악인 단체들의 반대로 통과되지 못해 아쉽다.

이들의 반대 이유는 개인의 자유가 법적으로 구속당하는 것과 등산 가방의 무게가 는다는 것이었다.

오리건주 마운 후드 정상은 미 전국에서 매년 10,000 명 이상의 등산객이 올라가는 곳으로 한국의 6.25때 흥남 철수 작전을 영화로 만든 장소이기도 하다.

PART 58

오리건 주 복지 제도 개혁

특히 오리건주의 고질병인 복지 제도를 개혁했다. 나는 웰페어를 받는 사람이 자립하도록 'Jobs Plus' 법안을 제안했다.

이 법안은 정부의 웰페어를 받는 사람들 중 건강한 사람은 최고 9개월까지만 받게 하는데 이 기간 정부가 직업 알선이나 직업 훈련을 시켜 자립토록 하는 것이다.

이에 대해 민주당에서는 너무 가혹하다고 반대했다. 그러나 이 법안은 많은 다른 의원들도 지지해 결국 상원과 하원에서 통과되었고 주지사도 서명해 법으로 발효되었다.

그 결과 3년 만에 웰페어를 받는 사람들이 반으로 크게 줄었다. 물론 줄어든 사람들은 대부분 자립을 했지만 일부에서는 타주로 떠난 사람도 있었다.

이로 인해 오리건주도 좋고 그동안 웰페어를 받다가 일자리를 갖게 되어 자립한 사람도 좋아 서로 좋은 Win-Win이 되었다.

오리건주의 웰페어 개혁법은 다른 주에도 본보기가 되었고 클린턴 대통령도 미국 복지 제도를 개선할 때 이 내용을 반영하기도 했다.

법사위원장 시절에는 오리건주에 너무 많은 소송 건을 줄이는 법안을 제안했다.

미국에서는 툭하면 소송을 거는 경우가 많아 판사, 검사가 부족하고 사소한 재판으로 인해 오히려 중요한 재판들이 지연되는 경우가 많았다.

필요 없는 재판으로 인해 개인들도 금전적, 정신적 피해들이 많았다. 그래서 소송을 할 경우 재판에 지는 사람이 양쪽 소송비용을 모두 부담시키도록 했다.

보험회사의 소송건수를 맡는 추라이얼 변호사들이 제일 많이 반대했다. 그러나 이 법안도 통과되어 월 300건이나 되던 소송건수가 나중에는 반으로 줄었다.

미국에서 행복한 사람은 건강해서 의사와 멀리한 사람, 소송을 당하지 않아 변호사와 멀리하고 사는 사람이라고 한다.

나는 그런 면에서 아직 건강하고 재판을 당해 본적이 없어 행복한 사람이라고 볼 수 있다.

현재 미 전국 주요 도시 사거리에는 신호위반 감시 카메라가 설치되어 있는데 나는 오리건주에도 제일 먼저 감시 카메라를 설치하도록 법안을 상정해 통과시켰다.

감시 카메라를 오리건주 최대 도시인 포틀랜드와 인근 비버튼에 먼저 설치하도록 했다.

그런데 그 후 어느 날 밤에 비버튼을 운전해 갔다 오는데 사거리에서 뭐가 번쩍해서 깜짝 놀랐다.

알고 보니 신호위반으로 감시 카메라에 찍힌 것이었다. 법 앞에는 모든 사람이 평등하다고 법정에 가서 사정 이야기를 했더니 판사가 벌금을 깎아준 에피소드도 있다.

오리건주 상원의원직은 일종의 봉사 직이기 때문에 그당시 월급이 1,000불밖에 되지 않는다. 이외에 의회 기간에는 하루 100불을 더 추가해 준다.

이처럼 생계도 되지 않는 주 상원직에 당선되기 위해 후보들이 선거 때마다 25-30만 불을 쓴다.

계산적으로 보면 정신 나간 일이다. 그러나 상원의원이 되면 사회적으로도 존경받고 대우를 해주고 개인적으로도 명예를 얻기 때문이다.

특히 상원에서 여러 입법 활동으로 큰 힘을 발휘할 수 있고 한인사회를 위해서도 큰일을 할 수 있게 된다. 그래서 한인 정치인이 필요한 것이다.

PART 59

김대중 대통령과 면담

5선 상,하원 의원동안 한인들을 위해 직접, 간접적으로 도 와준 일도 셀 수 없이 많다.

미국에서는 학생들이 주요 대학교에 갈 때 정치인들의 추

임용근 의원이 청와대에서 김대중 대통령에게 오리건주 초청장을 전달하고 있다.

천서를 함께 보내면 효과가 있는데 부탁한 모든 한인 학생들의 추천서 를 빠지지 않고 다 해주었다.

이민문제로 억울한 경우를 당한 한인들이 호소를 해오면 이민국에 편지를 보내 선처를 당부했다.

이민국은 연방 정부기관이라 되는 일도 있고 안 되는 일도 있지만 미국에서는 주의원이 공문을 보내면 반드시 어느 기관이라도 답장을 하게 되어 있다. 그렇지 않을 경우 해당자는 문책을 당하게 되어 있다.

어떤 한인의 경우 오리건주의 한 자동차 딜러에서 자동차를 잘못 샀는데 여러 번 이야기를 해도 듣지 않는다고 도움을 요청했다.

마침 잘 아는 한인이어서 그 딜러십에게 전화를 했다. 그랬더니 그

딜러십에서 그날 당장에 시정하겠다고 자신에게 답변을 했다며 그 한인은 역시 미국에서 정치인의 파워는 세다고 감사를 한 적이 있었다.

지난 20여 년 동안 마운 후드 커뮤니티 칼리지 학생 등 미 전국의 25명 학생들에게 개인적으로 장학금도 지급했다.

이중에는 한인 학생들도 포함되어 있는데 이들의 학업과 장래에 조금이라도 도움을 줬다고 본다.

한인사회와 본국을 위해서도 적극 노력해 오리건주 무역사절단원으로서 상원의장 등과 함께 한국을 방문했으며 95년 전라남도와 자매결연을 체결, 상호 우호와 협력을 다지고 있다.

김대중 대통령 오리건주 방문 초청 결의안도 내가 추진해 상,하원을 통과시켰다. 그리고 지난 1999년 9월 결의문과 주지사 친서를 김대통령에게 전달했다.

당시 김대중 대통령을 청와대로 방문할 때는 던 코헨 윌슨빌 한국전쟁 기념비 회장, 곽성국, 이준성, 장남진 오리건주 전 한인회장이 함께 했다.

김대중 대통령을 대통령이 되기 전 3,4년 전에 미주 한인회 총연 총회장으로 서울에서 만난 적 있었다.

당시 박지원 전 미주 한인회 총연 총회장도 만났는데 그는 후에 김대통령 비서실장이 되었다.

청와대에서 김대중 대통령과의 면담은 30분 정도 진행되었다. 이 자리에서 오리건주의회의 김대통령 오리건주 초청장을 전달했다.

김대통령도 오리건주 방문을 희망했다. 그러나 실제로는 임기 때 시애틀에는 왔지만 오리건주는 방문하지 못했다.

김대통령과의 면담에서 김대통령은 연설을 잘하는 사람답게 우리 이야기를 듣는 것 보다는 시종 내내 자신의 이야기를 했던 것이 기억난다. 특히 미국에 입양된 한국 고아들에 관심을 보였다.

또 한국 전쟁 기념 재단이 추진하고 있는 전쟁 기념비 건립에도 협

그레이스 임(가운데 줄 왼쪽 5번째)이 5기 평통위원으로 청와대를 방문했을 때. 노무현 대통령 부인 권양숙 여사가 여성 위원들과 함께 하고 있다.

력, 한인사회 후원회를 구성하고 모금 운동을 전개했는데 현대 반도체에서는 10만불의 성금을 기증하기도 했다.

1993년 미주 한인 정치 컨퍼런스를 설립했고 2007년엔 세계 한인정치 협의회도 창설해 의장을 역임했으며 2,3차 대회를 서울에서 개최했다.

미국에서는 선출직 공무원은 파워가 있다. 그래서 다음에는 오리건주지사에 출마했다.

당선되면 오리건주지사의 파워를 이용해 오리건 주뿐만 아니라 미국 전체 250만 한인들의 어려움들도 돕고 싶었다.

당시 주지사 출마를 앞두고 오리건 주뿐만 아니라 타주 한인들도 모금을 해주었는데 정말 감사하다.

PART 60

'나도 할 수 있다'는 본보기

오리건주 상,하원 5선 활동으로 금액으로도 가늠하기 어려운 공적은 1.5세, 2세들에게 '나도 할 수 있다'는 본보기를 보여주었다고 믿는다.

나는 미국에서 태어난 사람만큼 영어를 잘 못하는 이민 1세이다. 그것도 30살 뒤늦게 이민 왔다. 정치 경력도 전혀 없는 사람이고 소위 일류 대학도 나오지 않았다.

더구나 한국에서 공산당 누명을 쓴 집안이었다. 이런 불리한 많은 조건의 사람도 미 정계에 진출해 활약할 수 있다는 "나도 할 수 있다." 라는 귀한 본보기였다고 믿는다.

의정생활에서 매스컴의 관심을 끈 재미있는 일들도 있었다. 98년 연방상원에 출마하면서 "You are welcome to visit Oregon, but don't stay." "오리건주 방문을 환영합니다. 그러나 거주하실 생각을 마십시오." 라는 배타적 광고를 오리건주에 세우자고 제안했다.

이 같은 광고는 실제로 40년 전 주지사가 세웠다가 철거된 것이다. 당시는 오리건주가 타주 사람들에게 오염되지 않도록 하는 배타정신으로 세워진 것이었다.

그러나 오리건주가 자연환경을 중요시하는 주이기 때문에 정치적으로 미디어와 환경주의자들의 관심을 끌어내기 위해 일부러 제안했는데 이로 인해 역시 유명해졌다.

당시 "오리건주는 뭐가 대단하길래 그래?" 하면서 더 많은 사람들이 몰리게 되는 역 심리적인 효과를 볼 수 있었다.

언젠가는 한국의 맥아더 장군 동상을 오리건주로 가져오겠다고 말해 화제가 되었다.

당시 한국에 좌익 세력들이 많아 그 영향 때문인지 인천의 맥아더 장군 동상을 철거하겠다는 움직임이 거세게 일어난 적이 있었다.

그때 내가 맥아더 장군 동상을 철거하면 자비를 들여서라도 오리건주로 가져오겠다고 말해 신문에 크게 보도되기도 했다.

나는 6.25를 겪은 세대이다. 6.25 때 3만7,000여명의 미국인이 전사했고 10만 명이 넘는 미국의 젊은이들이 생면부지의 한국이라는 곳에 가서 피 흘렸기 때문에 조국이 공산화가 안 되고 민주주의 국가가 되었다. 우리는 미국의 희생에 감사해야 한다.

8부

2차례 북한 방문

PART 61

김정일 비서에게 주지사 편지 전달

주의원 시절 조국 통일과 남북화해에도 적극 나서 북한을 1997년 1월과 1998년 6월 2차례 방문했다. 북한방문은 아태평화위원회 초청으로 이루어졌다.

북한에 대한 관심을 늘 가지고 있었다. 직접적으로는 95년 3월 북한의 김충걸 국제문제연구소 부소장과 전일춘 대성총국 제1부회장이 오리건 주를 방문하면서부터였다.

당시 이들을 위한 리셉션과 투자 상담 등을 도와주었다. 그 이후 오리건 주 상원 무역 경제분과 위원장으로서 북한과 오리건의 무역 통상 관계 수립 및 인적 교류 활성화에 관심을 갖고 깊이 관여하게 되었다.

주상원 시절인 1997년 1월은 김일성 서거와 북한 핵문제로 남북과 미국, 북한과의 관계가 최고로 경직되었던 때였다.

심지어 클린턴 대통령은 북핵문제로 북한을 공격한다는 말도 있었을 때였다.

그래서 김일성 대학에 갔었을 때 금방 전쟁이 난다며 외국인 교수들이 모두 떠났고 학생들도 없어 강의실이 텅 비어 있는 것을 보았을 정도였다.

나는 당시 당당하게 시애틀 총영사관과 본국 안기부에도 나의 방북을 통보했다. 특히 존 키츠하버 주지사의 특사 자격으로 김정일 비서에게 보내는 주지사의 편지를 가져갔고 답장도 받아 왔다.

키츠하버 주지사는 "Dear Leader-"로 시작하는 친서에서 미국과 북한의 관계가 정상화되면 오리건주의 식량 수입 등 경제 협력을 강화하자고 당부했다.

연방 정부와도 협의 절차를 거쳤다. 그러나 김정일 비서는 만나지 못하고 김용순 당비서(아태 평화위원장)를 만났다.

1차 북한 방문은 아내와 함께 갔다. 미국에서 중국으로 간 후 그곳에서 북한에 들어가는 비자를 받고 북한에 들어갔다. 북경에서 고려항공으로 1시간 이내에 평양에 도착했다.

그동안 너무 멀리 느껴졌던 북한 땅이 중국에서 1시간거리니 이젠 가깝다고 느껴졌고 마음대로 가지 못하는 남북 현실에 너무 마음 아팠다.

김일성 주석 동상 앞에서

공항에 도착하니 북한 관계자들이 마중을 나왔다. 첫날 고려호텔에 묵었다. 방을 안내하는 여성이 키도 크고 얼굴도 깨끗한 미인이었다. 수고한다고 말했더니 그녀는 "김정일 지도자께서 잘 먹여 주셔서 괜찮습니다."라고 말했다.

개인에 대한 칭찬인데도 김정일 지도자 덕분이라는 말에 상상할 수 없는 북한의 실태를 짐작 할 수 있었다.

고려호텔에 묵었을 때 안내원이 모르게 밤에 혼자 나가 고려호텔 뒷골목을 걸었다. 진짜 평양 시내를 보고 평양 시민들을 만나고 싶었다.

조금 걸어가니 일반 시민들이 몇 명 앉아 있었다. 다가가자 이들은 누구냐고 물었다.

미국 상원의원이고 누가 누가 초청해서 왔으며 뒷골목을 좀 보려고 나왔다고 했더니 이들은 의아한 표정을 지었다.

한국 사람인데 미국 정치인이라는 것이 이상하고 어떻게 평양에까지 왔는지 이상해 하는 표정이었다.

여기에서도 내가 주는 한 가지 메시지가 있었다. 아마도 이들은 한국인들은 미국에서 전부 백인의 종으로 살고 있다고 생각하고 있을 터인데 한국인이 미국 상원이 되었다고 했으니 말은 하지 않아도 전달하는 메시지가 되었다고 믿는다.

나는 미국 오리건주 상원의원으로서 북한의 초청을 받았기 때문에 다음날부터 5,6일은 외국 귀빈들만 묵는다는 초대소에 머물렀다.

이곳은 자유롭게 나가지도 못하고 들어가지도 못해 오히려 불편했다. 그러나 북한 당국은 식사 등 대우를 아주 극진하게 해주었다. 미국 정치인이기 때문에 북한에도 영향력이 있다는 것을 알 수 있었다.

PART 62

북한에 영향력 있는 미국 정치인

1차 방북에서는 김
용순 당비서와 함께 이
북 대외관계 부책임자
인 아태평화위원회 송
호경 부위원장, 영어에
능통한 박철을 국회 의
사당인 인민위원회 사
무실에서 만났다. 임태

북한 김용순 당비서와 함께

덕 대외경제위원회 부위원장도 만났다.

한 시간 정도 이야기한 이 자리에서 김용순 당비서는 "내가 바쁜 사
람이지만 미국에서 임선생님이 오셨기 때문에 바쁜 일정에도 인사하
러 왔다"고 반갑게 맞이했다.

나의 이야기를 들으러 왔다고 했으나 실제적으로는 처음부터 끝까
지 자기 이야기만 많이 했다.

이 자리에서 김비서는 김일성 주석 서거 후 미국은 칼루치 대사가
조의를 표했는데 한국은 김영삼 정권이 조문도 하지 않았다며 같은 민
족끼리 그럴 수 있느냐며 분개했다.

그러면서 앞으로 김영삼 정권과는 아무 것도 하지 않겠다고 말했는
데 결국 그대로 되었다.

이 자리에서 북한의 세계적 테러행위중단, 아시아 균형 깨는 북한

북한 만수대 의사당

핵개발 중지, 평화 협정 위한 4자회담 참여 등 미 국민의 의사를 당당하게 북한 측에게 전달했다.

나보다 한 살 나이가 많은 김용순 북한 노동당 대남담당 비서는 김정일 국방위원장의 두터운 신임을 받고 있는 최측근으로 당 서열 30위 이내의 실력자였다.

대남담당 비서 외에도 아시아태평양평화위원회 위원장, 조국평화통일위원회 부위원장, 최고인민회의 제11기 대의원 등 여러 직책을 겸한 노동당의 대남담당 총책이었다.

그는 김정일 위원장의 '특사' 자격으로 2000년 9월 남한을 방문해 청와대로 김대중 전 대통령을 예방하고 김정일 위원장의 구두 메시지를 전달하기도 했다. 그는 북한에서 2006년 교통사고로 사망했다.

아태평화위원회 송호경 부위원장은 2002년 2월 정주영 전 현대그룹 명예회장이 세상을 떠났을 때 서울에 북한대표 조문단장으로 오기도 했다.

당시 50대 후반이었던 그는 미국 담배를 줄담배로 계속 피고 있었다. 내가 흡연은 몸에 좋지 않으니 금연하라고 충고까지 했다. 그러나 그 말을 듣지 않았는지 그는 63세에 지병으로 사망했다.

어느 날 공산당의 박사라는 사람이 찾아왔다. 아마 공산당 주체사상을 설득 시키러 온 모양이었는데 거꾸로 나에게 설득을 당했다.

그가 이북과 미국이 가까이 지내려면 어떻게 해야 하느냐고 묻기에 나는 핵무기 제작을 중단하고 북한 무기를 외국에 수출하지 말라고 강조했다.

그가 북한 주체 사상을 계속 주장하자 미국의 뷰익 자동차를 예로 들었다.

뷰익 자동차는 미제이지만 부품 72%가 외국에서 들어올 정도로 이제는 전 세계가 한 지구촌이 되어 서로 협력하는데 북한만 주체 사상을 고집하면 이 세상에서 고립된다고 말했다.

그랬더니 그 북한 박사는 화를 내고 얼굴이 벌겋게 되더니 다시 돌아오지 않았다.

PART 63

북한과 오리건주 상호 친선 도모

나는 북한 당국에 북한과 오리건 주가 고위급 인적 교류를 통해 상호 친선을 도모하는 것부터 북한의 각 도와 오리건주가 경제 교류를 활성화 하 는 것, 앞으로 미국과 북한 간 화물 수송 때 오리건 주의 항구나 항만 시설을 우선 사용하는 것, 문화·체육·예술 교류 및 학교·학생 상호 교류 등을 통해 상호 이해를 증진하자는 것 등을 건의했다.

첫 북한 방문 때 북한 측은 나의 아버지가 6.25때 빨갱이로 몰려 남한 측에 총살당한 사실을 알고 있었는지 모르고 있었는지 모르지만 아버지에 대해서는 일체 이야기 하지 않았다.

오히려 그동안 남한 대사관에서 이 같은 기록으로 압력을 넣기도 했었다고 앞에서 이야기 한 적이 있었다.

미국은 2차 대전 때 일본군의 진주만 기습공격이 발생한 후 미국에 있는 일본인들을 수용소에 강제 수용했다. 그러나 나중에 이 같은 잘못을 공개 사과 했다.

얼마 전 미국 신문에 6.25 발생 후 남한 정부도 친북한 관계자들을 재판도 없이 처형했다

북한 단군 묘 안내원과 함께

는 보도가 나와 우리들을 부끄럽게 했다.

이제 북한이나 남한이나 모두 예전에 잘못했던 것들은 사과하고 진정으로 서로 화해하길 바란다.

영어를 잘 하는 박철은 우리 안내를 맡아 묘향산 관광을 시켜주고 북쪽에서 바라보는 판문점에도 갔다.

유엔 주재 참사를 역임한 박철은 김영철 노동당 부위원장이 지난 2019년 1월18일 백악관을 찾았을 때 '공손한' 인물로 화제가 되었다.

백악관이 당시 공개한 사진에 따르면 도널드 트럼프 대통령 바로 앞, 김영철 부위원장 곁에서 두 손을 모은 채 공손하게 앉아 있어 누구인지 주목되기도 했다.

묘향산 김일성 박물관에는 김일성이 외국 정상들로 받은 선물들이 전시되어 있었다. 미국에서 보내준 것을 보니 상징적인 것일 뿐 값은 형편없는 것들이었다.

북한 방문 때 북한에서 판문점으로 가봤다. 북한 측은 Mercedes-Benz로 안내했다. 그러나 도로가 좋지 않은데다 운전기사가 마구 몰아 차가 퉁퉁 튀면서 운행하는 바람에 머리가 차 천정을 들이받았을 정도로 나쁜 운전이 계속되었다.

가는 도중 소변이 마려운데도 차가 서주지 않아 간신히 참으면서 싸기 직전에 판문점에 도착하는 고생도 했다.

그런데도 운전자는 미안하다는 소리 한번 하지 않았다. 겨울철 눈이 많이 와서 가는 동네마다 제설 차량대신 사람들이 나와 빗자루로 눈을 치우는 모습을 보았다.

곳곳에 김일성 동상들이 많이 세워져 있는 것도 볼 수 있었다. 북쪽에서 판문점에 가서 남쪽 지역을 바라보니 바로 앞이 자유의 땅인데도 갈 수가 없는 것에 마음 아팠다.

안내원은 남쪽에서 우리를 감시하고 있다며 큰 일 나는 것처럼 매우 조심하는 것 같았다.

그러나 아무 걱정 없다며 판문점의 회의장 안에까지 들어가 봤다. 바로 남북이 테이블에 그어진 선 하나로 분단되어 있고 오고 갈수 없었다.

6.25전쟁으로 아버지를 잃은 비극을 당한 나였기에 감회가 컸고 조국이 하루 빨리 통일 되어야 한다는 생각이 간절했다.

판문점 방문 후 무례한 운전기사이지만 신고 있던 50불짜리 나이키 신발을 주고 싶어 받겠느냐고 물었더니 받겠다고 말했다. 신발과 함께 팁으로 50불을 주었다.

그는 50불이면 6개월을 잘 산다고 말했다. 또 자신들은 높은 사람들의 말을 잘 안 듣는다며 우리들은 우리대로 권리와 파워가 있다고 큰 소리쳤다. 정말 무례한 운전기사였다. 아마 이 무례한 운전기사는 진짜 운전기사가 아니라 정보원인지도 모르겠다.

당시 북한 노동신문은 미국에서 정치인이 왔다며 나의 방북을 보도하기도 했다. 북한에서도 미국정치인으로서 당당하게 처신했다.

다른 사람들은 북한에 갈 때 돈을 주고 갔다지만 나는 운전기사에게 팁을 준 것 외에는 한 푼도 주지 않았다.

북한주민들은 당시 죽을 먹었는지 모르지만 나에게는 식사와 잠자리 등 극진하게 대접을 해주었다.

친절한 안내원에게 감사했더니 저녁을 사라고 해서 3,4사람이 식당에 갔다. 고기를 뜨거운 돌에 굽는 식당이었는데 50불이나 나왔다. 미국보다 비싼 저녁 식사였다.

PART 64

매우 비참한 북한의 현실

특히 1차 방북 때 가 보고 싶은 곳들을 말했 는데 반대하지 않고 모 두 보여 주었다.

일반인들의 경우 북 한에 가면 안내원들이 감시하고 가는 곳들도 매우 제한되어 있다고 들었다.

교통 경찰관이 교통정리를 하는 텅빈 북한 거리

그러나 내가 미국 정치인이기 때문에 북한당국이 미국과도 좋은 관 계를 가지려고 노력한다고 생각했다.

요청해서 가본 곳들은 판문점, 고아원, 학교, 병원 등이었다. 직접 이곳들을 들러보니 북한의 현실이 매우 비참하다는 것을 알 수 있었 다.

병원에는 의사도 없었고 아스피린 같은 기본적인 의약품들도 없었 다. 안내원에게 의사가 어디 있느냐고 묻자 그는 병이 나기 전에 예방 치료하기 위해 시골로 갔다고 변명하기도 했다. 치료약에 대해 문의하 니 대부분 한약을 사용한다고 했다.

북한 고아원을 보고 싶어 했던 것은 한국에 살 때 고아원 아이들을 돕는 일을 했기 때문이었고 결과적으로 미국에 오는 계기가 되었기 때 문이었다.

북한의 고아들은 남한의 고아들과는 비교가 되지 않을 정도로 영양실조에 걸려 있는지 너무 바짝 말라 있었고 키도 작았다. 5,6명의 어린 고아들을 내 무르팍 위에 모두 앉힐 수 있을 정도였다.

　이처럼 당시 북한의 실상이 처참했던 것은 1995년 발생한 홍수로 큰 피해를 당하고 회복이 안 되었기 때문이었다.

　유엔 세계기상기구(WMO)에 따르면 1995년 발생한 북한의 대홍수가 지난 반세기 사이 전 세계에서 발생한 최악의 자연재해 가운데 하나로 꼽혔다.

북한에도 아파트들이 많이 건설되어 있다.

　이 기구는 1970년에서 2019년 사이 발생한 모든 자연재해 피해 현황을 토대로 발표한 '기상, 기후와 극심한 물에 따른 사망률과 경제적 손실' 보고서에서 이같이 평가했다.

　보고서에 따르면 1995년 북한 대홍수는 251억7,000만 달러 상당의 피해를 내면서 전 세계 10대 자연재해, 그리고 아시아 지역에서는 세 번째로 심각한 자연재해였다.

　당시 홍수로 북한은 사망자 68명과 전체 인구의 4분의 1에 해당하는 520만 명의 이재민이 발생하는 등 100년 만의 최악의 재난 사태를 맞았다.

　이후 북한은 '고난의 행군' 시기를 겪으면서 수많은 사람이 굶주려 사망하고 국제사회의 대북 지원에 의존해야 했다.

　그때뿐만 아니라 지금도 북한의 열악한 현실을 보면서 안타깝다. 이번의 코비드 펜데믹 북한 사태에서도 보듯이 약이나 아스피린조차 없다.

　이 같은 모든 책임은 김정은에게 있는데 밑에 사람들에게만 호통을 치고 있으니 말이 되지 않는다.

PART 65

북한에 실종 미군 정보 요청

북한 측은 98년 6월 내가 연방 상원 선거에서 공화당 후보로 당선되자 초청해 2번째로 방북했다.

당시 도전한 연방 상원의원은 강력한 민주당 론 와이든(Ronald Wyden) 현역의원이어서 사실 당선 가능성이 낮았다.

그래서 속으로 북한에서 일이 잘못되어 북한 측이 나를 수감이라도 했으면 좋겠다는 생각도 들었다.

그렇게 되면 국제적으로 센세이셔널 한 사건이 되어 돈 들이지 않고 더 유명해지기 때문에 당시 연방 상원의원 선거에서 도움이 될 수 있다고 생각했다.

그래서 할 수 있는 말을 다했는데도 그들은 나를 잡아넣지 않았다.

2차 방북에서도 1차처럼 김용순 당비서와 함께 이북 대외관계 부책임자인 아태평화위원회 송호경 부위원장, 영어에 능통한 박철이 실무자로 상대했다.

2차 방북에서 7,000여명의 실종 미군에 대한 정보를 요청하기도 했다. 특히 전쟁 중 사망한 미군들의 유골이나 군번줄 인식표 (Dog Tag)를 찾아 갈 수 있도록 부탁했다.

그러나 북한 관계자는 유골이 묻힌 곳에 이젠 아파트나 빌딩들이 들어섰기 때문에 현실적으로 발굴 작업이 어렵다고 말했다.

그리고 만약 미국이 빌딩을 허는 비용과 관련 인건비도 지불하면 협상할 용의가 있으나 미국이 돈을 대지 않아 어렵다고 답변했다.

나는 유골 한 개라도 주면 미국에 가져가 적극 돕도록 하겠다고 했다. 그들은 유골은 줄 수 없다며 총탄 흔적이 있는 미군 철모를 하나 주었다.

이 철모도 북한 공항을 떠날 때 세관 당국이 못가지고 가게 했으나 높은 곳에 연락해 30분이나 조사한 후 가지고 가도록 했다.

이 철모를 한국전쟁 기념재단에 기증했으나 앞으로 윌슨빌 시에 한국 전쟁 기념관이 완공되면 이곳에 비치할 예정이다.

2차 북한 방문 기간에도 북한 측에 아무런 대가도 지불하지 않았으나 미국에서 온 정치인이라고 생각했는지 대우를 잘 해주었다.

2000년 초에는 오리건을 방문한 북한 UN 대사를 만나 미국 도시와 북한과의 자매결연을 제안, 북한 대사로부터 사상 최초로 긍정적인 반응을 얻었다.

조국 통일은 무력이나 정치적 만으로 이룩될 수 없다. 문화, 체육, 경제, 예술 등 다양한 분야에서 상호 이해와 협력이 우선되어야 한다.

9부

넘어져도 일어서는 오뚝이

PART 66

한인 최초 연방 상원 본선 진출

오리건주 상원 3선, 하원 2선이라는 미주 한인 최초의 기록을 세웠지만 정치 경력 20년 동안 3번의 실패도 있었다.

32년 전인 1990년 첫 오리건 주지사 예비 선거를 비롯 1998년 연방 상원의원 선거 그리고 2008년 주하원 3선 선거 때였다.

그러나 실패는 성공의 어머니라는 말처럼 이 3번의 패배는 오히려 더 나은 결과를 주었다.

1998년 나는 일약 연방 상원의원직에 도전했다. 당시 주상원이었기에 설령 실패해도 계속 주상원 직을 유지할 수 있는 장점이 있었다.

연방 상원 자리는 아무리 유명한 정치인이라도 자리가 나지 않으면 출마할 수 없다.

그런데 우리 지역 연방 상원은 계속 민주당이 당선되는 판이었다. 그래서 과감히 연방 상원 직에 한번 도전해보기로 했다.

그 결과 5월 19일 실시된 공화당 연방 상원의원 예비선거에서는 압도적 표차로 승세를 굳혀 공화당후보로 확정되었다.

주 전역 2,225개 투표소에서 일제히 실시된 예비 선거에서 경쟁후보인 존 피츠패트릭과 발렌타인 크리스천을 압도적 표차로 눌렀다.

미주 한인으로서는 처음으로 연방 상원 예비선거에서 승리하여 본선거에 진출한 자랑스러운 기록도 세웠다.

연방 상원은 미국 전체에서 100명밖에 안 되는 국회의원이기 때문에 이곳에서 대통령들이 나오는 등 미국뿐만 아니라 전 세계에 막강한 파워를 가지고 있다.

그야말로 사상 유일한 한인으로서 11월 실시된 연방상원 의원 본 선거에 진출했다. 그러나 아쉽게도 본 선거에서는 민주당 론 와이든 현역 연방 상원의원과 접전 끝에 패배했다.

한인 연방 상원 탄생이라는 기적을 바랬으나 정말 어려운 일이었다. 특히 몇 십만 불 정도가 드는 주상원 선거와는 판이하게 다르게 연방 상원 선거에서는 수백만 불-수천만 불의 선거자금이 들어야 했다.

선거 자금 모금 면에서 현역 연방 상원의원에게 크게 차이가 났고 결과적으로 돈 때문에 패한 것이었다. 또 오리건 주의 민주당 우세 장벽을 넘을 수 없었다.

JOHN LIM
*Oregon's New Leader
for the 21st Century*

For U.S. Senate

연방 상원의원 선거 홍보지

그러나 민주당 현역의원과의 표차는 내가 50%를 하고 한 표를 더 받아야 당선하는데 30%를 받은 것만 해도 사실 선전이었다.

미국의 연방 상원은 임기가 6년으로 각 주마다 2명이며 매 3년 간격으로 1명씩 선출한다.

한인 이민1세인 내가 이처럼 연방 상원의원 본 선거까지 진출했다는 것 자체가 역사적이었다고 현지 언론들은 좋게 평했다.

연방 상원의원에는 아직도 한인들이 한명이 없을 정도로 연방 상원의 벽이 높은 것을 실감했지만 길을 닦아놨으니 이제 연방 상원의원은 언젠가 2세나 3세가 할 수 있을 것으로 믿는다.

PART 67

민주당 열풍으로 6선 실패

2008년에는 오리건주 하원 3선 도전에 실패해 상하원 6선이라는 대기록을 세우지 못했다.

이미 5선 당선 경력이 있어 6선도 쉽게 되리라 낙관을 했다. 그러나 당시 오바마 후보로 인한 민주당의 거센 바람을 막기에는 역부족이었다.

나와 도전자인 민주당의 그랙 메튜 후보의 표차는 내가 42% 그리고 그랙 후보가 58%였다.

지금까지는 민주당 표밭에서도 공화당인 내가 압도적으로 승리해 왔는데 정말 불어 닥친 민주당 바람은 태풍이었다.

열심히 했지만 공화당에 대한 거부감과 민주당 오바마 열풍이 패배 원인이었다. 당시 누구든지 민주당 이름만 가지고 나왔으면 공화당인 내가 졌을 것이라고 본다.

처음엔 쉽게 당선되리라 믿었다. 선거운동도 3번씩이나 가가호호를 방문했을 정도로 열심히 뛰었다.

그러나 처음 8%로 리드했던 판세가 선거 2개월 전부터 이라크 전쟁 불신, 부시 정부 네거티브로 공화당 지지도가 줄어들었다.

막판엔 결정적으로 경제가 무너지는 바람에 민주당 바람을 이기지 못했다.

그동안 멀트노마 카운티에선 내가 유일한 공화당 의원이었는데 이젠 100% 민주당 지역이 되었다.

오리건주 하원 60명중 36명이 민주당이 되어 세금도 마음대로 올릴 수 있는 수퍼 머조리티 당이 되었을 정도였다.

정치는 자신의 능력도 중요하지만 정치는 '바람' 이다.

6선에 실패해 의정생활을 2009년 1월12일부로 16년 만에 마치니 섭섭하고 실망감도 들었다. 그러나 지금은 오히려 하나님의 뜻을 발견하고 감사하고 있다.

'엎질러진 우유에 울지 말라'는 말처럼 지난 일에 급급하지 않고 하나님의 뜻으로 생각하고 앞으로 나가고 있다.

올라갈 때가 있고 떨어질 때도 있지만 실패는 성공의 어머니라는 말처럼 오뚝이 정신으로 또 다시 정진한다. 주의원 선거에서 1번 졌지만 5번 이긴 것에 감사하고 있다.

당시 오리건주 상원의원에 첫 도전한 한인 2세인 김영민 후보도 같이 탈락해 한인 사회의 기대가 안타깝게 무너졌다.

워싱턴주 재무에 출마한 손창묵 박사도 실패해 한인사회에 실망을 주었다.

뒤돌아보면 서북미 한인들이 선거에 출마했다 실패한 경우는 처음이 아니기 때문이다.

신호범 워싱턴주 상원의원도 13년 전 워싱턴주 부지사에 출마했다가 브레드 오웬 후보에게 패배했다. 신호범 의원은 더 시련을 겪었다. 주하원 당선 후 연방 하원에 도전했으나 실패했다. 이어 부지사 선거에도 낙선했으며 주한 미국 대사 최종 경쟁에도 실패했다.

이처럼 연이어 실패한 신박사가 주상원에 출마했었을 때 일부에선 또 떨어질 것인데 명예욕 때문에 출마했다고 비난하기도 했다.

그러나 그는 많은 눈물 속에서도 좌절하지 않고 포기하지 않아 결국 당선되었고 상원 부의장으로 활동했다.

박영민 시의원도 첫 출마에 실패했다. 그러나 출마 덕분에 알려져 다음번 공석이 된 시의원에 임명되는 행운을 안았고 이후 선거에 당선되어 시장까지 역임했다.

신디류 워싱턴주 하원의원도 처음 쇼어라인 시의원 출마에 낙선했다. 그러나 그 후 미주류사회에 적극 참여한 덕에 두 번째에는 당선되고 첫 한인 여시장이 되었다. 그녀도 2009년 재선에 실패했다. 그러나 그 후 주 하원 선거에 당선되어 현재 6선을 기록하고 있다.

한두 번 실패는 정치인뿐만 아니라 우리 개인들에게도 오히려 더 성숙함을 준다고 믿는다.

나를 비롯한 여러 한인들의 실패를 우리 한인사회가 성장을 위한 귀한 고통과 아픔으로 감수할 때 앞으로 더욱 훌륭한 결실을 맺는다고 믿는다.

이번 실패의 귀한 경험을 다음 한인 후보나 2세들에게 알려줘 한인 정계 도전은 계속되어야 한다.

PART 68

20년만에 주지사 재도전

나는 2010년 오리건 주지사에 다시 출마했으나 결과적으로 안타깝게 실패했다.

그러나 결과에 관계없이 주지사 도전에 큰 꿈과 비전을 갖고 최선을 다했기 때문에 후회는 하지 않는다.

그동안 나의 실패가 그러했듯이 항상 하나님은 더 좋은 방향으로 인도하셨기 때문이다. 주지사 선거운동을 통해서도 많은 것을 배울 수 있었다.

주지사 도전은 첫 번이 아니었다. 꼭 20년 만에 2번째로 도전한 것이었다. 1990년에는 돈키호테라는 별명이 붙었을 정도로 무모하게 비쳤던 주지사 도전은 20년 후에는 '실현 가능'의 범위 내에 들어왔다.

왜냐하면 지난 20년 동안 상원 3선과 하원 2선의 경력을 통해 주지사를 하기에 충분한 자격을 갖췄기 때문이었다.

주지사 출마는 개인의 이슈가 아니고 미주 250만 동포와 세계 한민족 모두에게 영향을 줄 수 있는 큰 문제이기 때문에 당시 미주 모든 한인들에게 성원을 당부했다.

아이리시 (IRISH) 민족이 미국에 이민 와서 많은 차별과 박대를 받다가 이민 100년 만에 케네디 대통령을 배출하고 자부심을 가졌다.

당시 한인 이민 역사 105년이 지난 시점에 우리 한인도 미 주류에 한 획을 긋는 변화를 이룰 때가 되었다고 믿었다.

특히 1.5세와 2세들에게 자존심과 아이덴티티의 확립이 절실히 요구되는 때라고 생각했다.

그 중요한 시점에 사회적, 사업적, 정치적 과정의 경험을 토대로 "준비되고 성숙된 주지사 후보"라 확신하며 오리건 주지사 선거에 도전하여 20년을 갈고 닦아 온 꿈을 실현하고자 했다.

오리건 주지사가 되어 한인의 위상을 세우고, 우리 후세들에게 새로운 역사와 오리건주의 경제를 살려 미국의 새 역사를 창출해 내고 싶었다.

특히 한인 이민 1세로서 한국과 미국에서 많은 어려움을 겪었기 때문에 많은 사람들에게도 할 수 있다는 소망과 용기를 줄 수 있다는 점에서 더욱 중요했다.

당시 내 나이가 75세였지만 꿈을 이루는데 나이가 제한되어서는 안 되고 건강이 제약조건이 되어야 한다고 생각했다.

아무리 나이가 젊어도 건강이 좋지 않으면 일을 못하지만 나이가 들어도 건강만 좋으면 얼마든지 뛸 수가 있다. 모세도 하나님께서 80세에 부르지 않았는가?

주지사에 출마하자 과연 소수인종인 한인이 주지사에 당선될 수 있을 것인가 하고 부정적인 생각을 가진 사람들이 있는 것을 보았다.

일부 한인들의 경우도 소수 인종은 안 된다는 부정적인 생각을 가지고 있었다.

그러나 이미 워싱턴주의 중국계 게리락 전 주지사나 캘리포니아 오스트리아계 이민자인 아놀드 슈워제네거 주지사 탄생을 보았기 때문에 이젠 그런 생각은 버려야 한다고 믿었다.

주지사 선거 운동을 위해 오리건주를 몇 번씩이나 거의 다 돌아다니며 유권자들을 만나는 선거운동을 했다. 갈 때마다 그곳 지역의 조그만 신문사도 방문해 홍보했다.

주상원과 하원 선거운동에서는 적은 지역구를 다니기 때문에 신발이 떨어졌지만 당시는 오리건주 전체를 다녀야 하기 때문에 자동차의 타이어가 닳아 새 타이어로 바꿨을 정도였다.

오뚝이 정신 임용근

주지사 선거에서 당선되지 못하자 일부에서는 당초 되지도 못할 것이었다고 부정적인 비판을 하기도 했다.

그러나 더 많은 사람들이 비난보다는 오히려 나의 도전과 실패를 교훈삼아 한인사회가 새롭게 시작해야 한다는 "실패 없는 성공은 없다" 라는 긍정적인 반응이 많았다.

그중에서도 중앙일보 시애틀 지사 이동근 편집국장은 '데스크칼럼'에서 나의 선거 도전과 실패에 대해 다음과 같은 칼럼을 썼다. 지금도 잊지 않고 있다.

"오뚝이 정신 임용근"

미국 첫 한인 주지사! 한인사회가 갈망했던 기대가 사라졌다. 5월 18일 실시된 예비선거에서 임용근 전 오리건주 하원의원이 주지사 도전에 실패해 안타까움을 주었다.

그러나 결과에 상관없이 그동안 열심히 선거 운동했던 노고에 먼저 감사한다. 영어도 본토 발음이 아니고 키도 작고 나이도 많은 한인 1세 임후보가 TV에서 NBA 농구 선수였던 장신 후보를 비롯 여러 미국인 후보들과 거침없는 정견 토론을 하는 모습을 보면서 참으로 자랑스럽기도 했다.

그의 도전이 무리한 것이었다고 혹평할지 모르지만 그런 사람은 자신은 저렇게라도 할 수 있었을까? 한번 생각해 봐야 한다.

오리건주 전역을 수차례 다니며 선거유세를 하고 디베이트 했던 임 후보를 통해 주상원과 하원 5선 경력이 있는 자랑스러운 한인 1세가 있었다는 것을 미주류사회에 떨쳤기 때문에 한인들의 위상도 높아졌다고 믿는다.

실패했다고 해서 임 후보 개인적으로나 한인사회는 절대 실망하거나 패배감을 가져서는 안 된다.

특히 한인사회는 이번 패배보다도 임후보가 미주 한인으로서 최초의 주상원의원이 되었을 뿐만 아니라 상원 3선, 하원 2선이란 금자탑을 세운 16년 의원 활동을 귀한 교과서로 삼아 다음엔 기필코 또 다른 한인 정치인이나 주지사가 탄생토록 노력해야 한다.

그는 정말 보통 한인 1세들이 할 수 없는 많은 일들을 해냈다. 문화 충격과 언어 문제가 있는 1세의 많은 어려움을 극복하고 이룬 5선은 한인 이민사 최초의 역사적 쾌거로 영원히 귀중하게 간직되어야 하고 2세들에게 꿈과 용기를 줄 수 있는 값비싼 본보기로 자랑스럽게 기억되어야 한다.

"이젠 정치인이 아니라 정치 후견인으로 봉사 활동을 하겠다."라고 말한 것처럼 이젠 임후보나 우리 한인사회는 끝난 것이 아니라 오히려 이제부터 시작해야 할 때이다.

그는 20년 전 처음 주지사 도전에 실패했다. 그러나 이를 토대로 상원의원에 당선되었고 5선 의원이 되었다. 첫 번째 실패가 결과적으로 그의 개인적 성공의 씨앗이 되었다.

이번 두 번째 주지사 실패도 또 다른 씨앗이 되어 이젠 다른 한인들이나 2세들이 임의원같이 주의원이나 주지사의 꿈을 이루는 결실을 맺을 것으로 믿는다.

그러기 위해서 임 전의원은 앞으로 1세 후진이나 2세들이 미주류사회에 진출하는 새 시발점이 되도록 자신의 귀한 교훈을 적극 알리고 심어야 한다. 그에게서 배우는 교훈은 "1세도 하면 할 수 있다."라는 정신이다. "고인 물은 썩는다.", "하늘 끝이 끝이다." 라는 인생철학처럼 돈키호테 같은 과감한 도전력이 있었기에 5선의 결실을 맺을 수 있었다.

특히 한국에서 어릴 적 아버지가 빨갱이로 몰려 남한 정부에 처형된 후 빨갱이 가족으로 몰리는 불이익을 당했고 폐병으로 죽을 고비를 겪었다.

또 가난으로 미군 하우스 보이 생활을 하면서 신학대학을 다녔다. 미국에 와서도 페인트 공, 청소원 등 온갖 힘든 일을 하면서도 성공한 아메리칸 드림을 이룩했다.

임 의원은 이같은 자신의 고난을 극복하고 승리한 이야기들을 이제 더 적극적으로 자서전 발간이나 간증 등으로 한인사회뿐만 아니라 전세계에 알려 어렵고 절망에 빠져 있는 수많은 사람들에게 소망과 용기를 줘서 변화시킬 수 있는 더 큰 일을 감당해야 한다.

그럴 때 활동범위는 '희망과 용기를 주는 세계 대사'로서 오리건 주지사보다 더 넓은 세계 방방곡곡으로 지경이 넓혀지고 더 크게 쓰일 수 있지 않을까?

카터 대통령도 퇴임 후 인류를 위한 여러 봉사 활동으로 노벨 평화상까지 받았던 것처럼 임용근 전 의원은 이제부터 더 새롭게 도약할 때라고 확신한다.

지난해 1월 6선 실패 후 임용근 전 의원이 했던 말이 기억난다. "엎질러진 우유에 울지 말라는 말처럼 지난 일에 급급하면 좋지 않다고 봅니다. 하나님의 뜻으로 생각하고 앞으로 나가겠습니다. 올라갈 때가 있고 떨어질 때도 있지만 실패는 성공의 어머니라는 말처럼 오뚝이 정신으로 다시 정진하겠습니다. 패배했던 것보다 승리했던 것이 더 많은 것에 감사합니다."

뒤돌아보지 말고 이제부터 오뚝이 정신으로 다시 시작할 때이다.

10부

계속 달려가고 도전

PART 70

국민훈장 등 여러 상 수상

　부족하지만 미주류사회에서 오리건주 상,하원 5선이라는 기록을 세운 공로로 여러 과분한 상을 받았다. 너무 감사한 일이다.

　상을 받을 때마다 계속해서 상에 걸 맞는 사람이 되겠다고 다짐했다.

　상원의원 시절인 2001년에 한국을 빛낸 인물로 대한민국정부에서 국민훈장 목련장을 받았다.

　국민훈장(Order of Civil Merit)은 정치·경제·사회·교육·학술 분야에 공적을 세워 국민의 복지 향상과 국가 발전에 기여한 공적이 뚜렷한 자에게 수여하는 상이다.

　이와함께 포틀랜드 한인로타리클럽 "인물상" 수상 (1999)을 비롯해 중앙일보사 시애틀 지사 "사회봉사상" (2004), 21세기대상시상위원회(위원장 이경식 전 부총리)의 "21세기 경영문화대상" (2005), 중앙일보사 시애틀 지

중앙일보 시애틀 지사의 '올해의 인물' 수상. 왼쪽 사회봉사 쉐리 송. 오른쪽 장한 어버이 황마리아

중앙일보 시애틀 지사의 '올해의 인물' 시상식에서 임의
원이 인사말을 하고 있다.

사 "2006년 인물상" (2007), 동포후원재단 "자랑스런 한국인상" (2007)을 수상했다.

2012년에는 졸업한 조지 폭스 대학교(George Fox University)에서 올해의 인물(Alumnus of the Year)로 선정됐다.

이 대학교는 1970년 졸업생으로 상하원의원 5선을 이룬 입지전적 인물이라며 수상했다. 시상식은 조지 폭스 대학교 주최로 10월 27일 Klages Dining Hall에서 열렸다.

폭스 대학교와 자매결연을 맺은 전남 대학에서도 명예 박사학위를 받았다.

2004년 시애틀 중앙일보는 한인 이민 역사상 최초로 1992년 오리건 주상원의원으로 당선된 이래 오리건 주 3선 의원으로 활발한 정치 활동을 펼치고 있을 뿐 아니라 한인사회의 어려운 일을 솔선하여 도운 공로가 인정되었다며 '사회봉사상'을 수상했다.

중앙일보 시애틀 지사가 주최한 제10회 사회봉사상과 제11회 장한 어버이상 시상식은 2004년 5월7일 노스 시애틀 홀리데이 인 호텔에서 열렸다. 이 자리에는 수상자 가족, 각 단체장, 80여명이 참석, 축하해주었다.

이 자리에는 장한 어버이로 선정된 고 안성진 목사 사모인 장대선 씨에 대한 시상도 함께 있었다. 시상식은 장한어버이 수상자 손녀 안진선양이 바이올린 축하연주로 분위기를 고조시켰다.

2006년에는 중앙일보 시애틀 지사의 '올해의 인물' 상을 수상했다. 5월5일 노스 시애틀 홀리데이 인 호텔에서 열린 시상식에는 장한 어버이 황마리아 대한부인회 총무이사, 셰리 송 전 한인 유권자 연합회 회장이 사회봉사상을 수상했다.

황마리아씨는 31년 전 한국에서 보장되었던 안정된 생활을 포기하고 오로지 자녀들에게 본인들보다 낮은 환경에서 교육시키기 위해 불확실한 미래에 도전해 두 자녀를 훌륭하게 키워 선정됐다.

셰리 송 씨는 1.5세로 한인 1세대와 2세대의 교량역할로 미주류사회 속에서 한인들의 권익을 높이는데 지속적인 노력을 한 공로가 인정돼 사회봉사상을 받았다.

참석한 권찬호 총영사는 "올해의 인물에 선정된 임용근 의원과 수상자 두 분에게 동포사회를 대표해 축하한다."라며 수상자 모두는 동포사회의 자산으로 봉사, 희생정신이 동포사회에 알려져 사회의 귀감이 되기를 바란다고 축하했다.

나는 수상 소감을 통해 앞으로 한인사회의 위상을 위해 더욱 노력하라는 채찍으로 받아들이겠다며 두 분 수상자들과 함께 같은 자리에 서게 되어 영광이라고 감사의 마음을 나타냈다.

PART 71

'자랑스러운 한국인상' 수상

2007년에는 미주동포후원재단이 2006년부터 매년 주최하고 있는 '자랑스러운 한국인상'을 수상했다. 이 상은 훌륭한 한국인에게 수여하는 상훈 중 정부나 민간기업, 대학 등이 아닌 독립적인 비영리단체가 주는 상으로는 유일하다고 알려져 있다.

이 상은 2006년 이경원, 전신애, 2007년 임용근, 이준구, 2008 강성모, 신호범 의원이 수상했다. 미주동포후원재단은 지난 2005년 당시 한인단체장들의 연석 모임에서 의견이 모아져 한인 사회의 모범적인 롤모델을 선정해 시상하자는 취지로 만들어졌다.

2007년에는 미주한인재단-워싱턴(회장 정세권)이 수여한 '최제창 선구자 지도자상'을 받았다.

해외동포 잡지 표지로 소개되었다.

'뉴미디어' 표지에 소개되었다.

'코리안드림' 표지로 소개되었다.

여수 국립대학교에서 정치학 명예 박사학위를 받았다.

이 자리에서 나는 수상 소감을 통해 "주 상원에 처음 당선될 수 있었던 것은 영어 발음이 안 좋아 유권자들이 잘 알아듣지 못했기 때문"이라며 솔직 담백한 말을 해서 참석자들로부터 수차례나 폭소가 이어졌다.

또 "내 영어가 아놀드 슈와츠제네거 캘리포니아 주지사보다는 낮다는 말을 듣고 있어 자신감이 생겼다"라고 말해 큰 박수를 받았다.'

2014년에는 세계한인교류협력기구(W-KICA)의 '제4회 세계한인교류협력 대상'을 연방 3선 의원인 김창준 의원과 함께 받았다.

시상식은 국회귀빈식당에서 열렸다. W-KICA 김영진 상임대표는 "지구촌 175개국 700만 해외동포는 감사하고 소중한 민족의 자산"이라며 "W-KICA는 해외 한인의 법적 지위 향상, 참정권 보장과 세계 한인의 날(매년 10월 5일) 제정 등을 이루어냈고, 더욱 최선을 다할 것"이라고 밝혔다.

또 "임용근 의원은 사업에 크게 성공한 것을 기반으로 엄혹한 미 주류사회에서 정치활동을 개시, 20여년간 뛰어난 의정활동으로 한국인의 성실함을 입증하고 정치적 역량을 강화했다. 오리건주 한인회장, 미주한인총연 총회장, 미주상공인회총회장 등을 역임했고, 현재도 세계한인정치인협의회를 결성해 총회장으로 활동하는 등 한인 2~3세의 민족혼을 일깨우고 후진 양성에 주력하고 있다."라고 소개했다.

나는 여수 국립대학에서 명예 정치학 박사학위를 취득했으며 조지폭스 대학교에서 명예 인문학 박사 학위를 받았고 재단 이사로 6년간 봉사하였다. 또 평택대학교 객원교수와 한양대학교 대학원 겸임교수를 역임하기도 했다.

PART 72

'세계한인정치인협의회' 창설 및 회장

공식적으로는 정계에서 은퇴했지만 나의 도전은 계속되고 있다. 특히 정치 경험을 살려서 지금도 정치계에 진출하려는 한인들에게 귀한 조언을 하고 있을 뿐만 아니라 한인 정치인 배출에도 노력하고 있다.

원래 1992년 주상원에 당선되자마자 미주 한인 정치인들이 모이는 컨퍼런스를 처음으로 LA에서 개최했다. 당시는 나와 김창준 의원 등 미 전국에서 6명 밖에 없었다.

그러나 매년 발전되어 전세계 한인 정치인 포럼으로 확장되고 한인 정치인들도 늘어났다.

이에따라 '세계한인정치인협의회'를 2007년에 설립하고 2015년까지 8년동안 회장으로 봉사했다.

세계한인정치인협의회는 2007년 제1차 세계한인정치인포럼을 개최하고 전 세계 한인 정치력 신장과 차세대 정치인 육성을 목표로 창설됐다.

후임에는 신디류 워싱턴 주 하원의원이 회장을 맡았으며 2021년에는 첫 한국계 캐나다 상원의원인 연아 마틴 의원이 협의회 회장으로 선출됐다.

세계한인정치인협회는 한

'미주한인 정치인 콘퍼런스 및 차세대 리더십 포럼'을 홍보하기 위해 신호범의원과 함께 중앙일보를 방문.

인들의 정치적 신장을 위해 세계한인정치인 포럼을 미국과 한국에서 개최했다. 미국에서는 시애틀, 하와이, 시카고에서 열렸다.

내가 회장인 세계한인정치인협회와 한미정치교육장학재단(이사장 신호범)은 2013년 10월25일부터 사흘동안 시애틀 더블트리 호텔에서 '미주한인 정치인 콘퍼런스 및 차세대 리더십 포럼'을 개최했다.

이 행사에는 연방 상·하원 보좌관과 지방자치단체서 활동하는 차세대 정치인, 정치에 관심 있는 학생 등 200여 명이 참가했다.

이 대회에서는 전 세계 한인정치인, 글로벌한인네트워크 구축 강화를 통한 한반도 통일 기여방안 등이 진지하게 논의 되었다.

2015년에는 광복 70주년 기념 세계한인정치인포럼 대회가 10월 21일부터 사흘간 서울 코리아나호텔에서 개최되었다.

현지 한인 사회의 권익신장 도모는 물론 한반도통일을 위한 글로벌한인네트워크 역할을 논의한 이 대회에는 전 세계 대륙별 50여 명 한인정치인 및 국회·외교부·정부 관계자 등 100여 명이 참가했다.

백진훈 일본 민주당 참의원, 론 킴 미국 뉴욕주 하원의원, 맬리사리 뉴질랜드 국회의원, 빅토르 박 우즈베키스탄 국회의원 등이 포럼을 위해 모국을 찾았다.

세계한인정치인협의회 회장인 나는 개회사에서 "700만 재외동포가 한마음으로 한반도 통일을 위한 중추적인 역할을 할 때가 됐다."라며 "전 세계에서 빛을 발하며 글로벌 위상이 높아진 한인 정치인들이 서로 교류하고 소통하여 한반도 통일을 위해 함께 힘을 모으길 바란다." 라고 강조했다.

재외동포재단 조규형 이사장은 "한인 정치인들을 모국에 모시고 진행하는 이번 포럼이 전 세계를 무대로 활동하는 소수민족으로서의 어려움과 서로의 지혜를 공유하는 자리가 됐으면 한다."라고 환영했다.

나경원 국회 외교통일위원장은 환영 만찬을 주최하고 "한인 정치인이 지구촌 곳곳에서 대한민국을 알리는 역할을 해줄 것을 확신한다."라며 "글로벌 한인정치인들이 협력하여 더 큰 대한민국, 더 큰 정치를 위해 함께 나아가자"며 참가자들에게 당부했다.

PART 73

"조현아 대한항공 전 부사장은 사과해야"

한편 2014년 12월 뉴욕 공항에서 땅콩 회항사건으로 국내외에서 큰 물의를 빚었던 일이 발생했을 때 세계한인 정치인 협의회장인 나는 "조현아 대한항공 전부사장은 미주동포에게 사과해야 한다."라고 주장했다.

대한항공 086편 회항 사건은 2014년 12월 5일 존 F. 케네디 국제공항을 출발하여 인천국제공항으로 향하던 대한항공 여객기 내에서 일어났다.

대한항공 조현아 당시 부사장이 객실승무원의 마카다미아 제공 서비스를 문제삼아 항공기를 램프 유턴 시킨 뒤 사무장을 강제로 내리게할 것을 요구했다.

또 기장이 이에 따름으로써 항공편이 46분이나 지연된 사건이다.

나는 "대한항공 조현아 당시 부사장이 뉴욕 공항에서 땅콩 회항사건으로 국내외에서 큰 물의를 빚었던 일은 한국은 물론이고 특히 미주에 살고 있는 250만 미국동포에게 큰 부끄러움을 주었다."라고 비난했다.

또 "대한항공의 이미지를 크게 실추시켰으며 대한민국을 국제적으로 망신시켰다."라며 특히 KE 086의 땅콩리턴 사건은 미국의 제일 큰 상업도시이며 UN 본부가 있는 곳이며 미주동포가 로스앤젤레스 다음으로 많이 거주하는 대 도시에서 발생했다고 지적했다.

특히 "이 일은 한국 국내에서만 사과할일이 아니고 세계 방방곡곡에 살고 있는 700만 동포는 물론 특히 미국에 거주하는 동포들에게 무릎 꿇고 사과해야 마땅하다."라며 대한항공은 세계에 흩어져 사는 해외 동포와 함께 성장하였음을 잊어서는 안 된다고 강조했다.

PART 74

'오리건 한국 전쟁 기념 재단' 창설

오리건 한국 전쟁기념재단(KWMF, Korean War Memorial Foundation Oregon)은 1996년 발족했는데 생존해 있는 한국전 참전 용사와 윌슨빌시 그리고 한인사회 지도자들과 함께 비영리 재단으로 이뤄졌다.

한인사회에서는 본인이 회장, 곽성국씨는 모금 후원회장으로 동참했다.

2000년에는 윌슨빌 시에 오리건 주 한국 참전 전사자 명단이 새겨진 한국 전쟁 기념비를 세웠다.

그때 수고하였던 곽성국씨는 내 다음 해인 87년에 21대 한인회장으로 봉사했었고 이준성씨도 97년 31대 한인회장으로 헌신한 오리건 한인 이민사의 귀한 분들이었다.

그러나 곽씨는 2013년에 72세로, 이준성씨는 14년에 66세로 모두 일찍 하늘나라로 떠나 너무 안타깝다. 지금도 같이 일할 분들이었는데 너무 아쉽다.

오리건 한국전쟁기념비는 5.5에이커 규모의 윌슨빌 시 공원에 위치하고 있으며 109피트(33m)길이의 화강암 벽에 한국전에서 사망하거나 실종한 오리건 출신 298명 병사들의 이름들을 새겨놓았다.

이 사업에는 한국과 한인사회에서 모금한 20만불 등 윌슨빌시 제공 땅값까지 포함하면 총 100만불 이상이 소요되었다.

한국정부에서도 5만불을 기증했다. 상원시절 김대중 대통령을 면담

했을 때 같이 찾아간 김종필 총리에게 부탁해 이뤄졌다.

현대에서도 10만불을 기부했고 문선명 부인 한학자씨가 3만불을 기부하기도 했다.

월슨빌 시는 포틀랜드와 셀렘시 중간에 위치하고 있다. 이곳에 한국 참전 기념비가 세워진 이유는 상원의원 시절에 월슨빌에 사는 한국 참전 용사들이 나를 찾아와 요청했고 또 월슨빌 시가 다른 도시에 비해 매우 호의적이었기 때문이었다.

월슨빌 한국 전쟁 기념비가 있는 공원은 프리웨이 옆에 있고 포틀랜드와 셀렘시 중간에 위치해 있어 교통이 좋고 특히 공원이 매우 넓어 좋다.

PART 75

윌슨빌에 맥아더 동상 세워

특히 지난 2017년 6월24일에는 이곳에 맥아더 동상을 세웠다.

그 목적은 1세들뿐만 아니라 2세,3세 그리고 후세에까지 영원히 한국인들의 미국에 대한 감사를 전하기 위한 것이고 그중에서도 인천상륙작전을 성공시킨 맥아더 장군을 기리기 위한 것이었다.

개인적으로 100불부터 많은 분들의 정성으로 6만불 이상이 2년여 동안 모금되어 드디어 동상을 세우는 결실을 맺게 되었다.

나 역시 이 사업에 1만불을 기부했으며 동상은 유타주에서 실물 크기로 제작되었다.

동상 건립에 열성을 보여 온 박진용 이사장, 고 이준성 초대회장, 데니스 권 전 회장, 김병직 회장, 제이 윤, 백순향, 함옥자, 성성모, 임영희, 멀리서는 워싱턴주의 김수영, 지병주, 캘리포니아 이경청, 한국에서 평택 대학 조기흥 총장, 김영미 부총장, 유재호 재단이사, 원경희 여주시장 등 많은 분의 헌신적 봉사에 감사드린다.

1950년 북한의 남침으로 발생한 6.25전쟁으로 한국이 위기에 빠져 있을 때 미국이 아니었다면 한국은 존재하지 않았고 미주 250만 동포들도 미국에 올 기회가 없었을 것이다.

특히 맥아더 장군이 연합군을 이끌어 공산군을 물리쳤기 때문에 오리건주 2만 명 포함 미주 250만 동포들이 미국에 살게 된 것에 미국, 미국 시민, 군인들에게 감사해야 한다.

특히 20대 내외 젊은 미군 3만7,000명이 한국전에서 고귀한 희생을 했으며 10만 명이 부상당하고 7,000명이 실종되었다.

맥아더 동상을 통해 미국에 감사하고 참전 용사들의 희생에 경의를 표하며, 한국전쟁을 한인 후세와 미국인 젊은이들에게 알리는 역사 교훈으로 삼아야 한다.

이날 제막식에는 문덕호 시애틀 총영사를 비롯해 팀 냅 윌슨빌 시장, 경기도 여주시 원경희 시장 등이 참가했다.

뉴욕에 '자유의 상'이 있듯이 이제 윌슨빌에 맥아더 장군 동상이 우뚝 서 있어 기쁘다.

오리건 한국전쟁기념재단은 이곳에 한국 전쟁 기념 박물관(Interpretive Center)도 올해 세우는 것을 추진하고 있다.

박물관이 준공되면 6.25 전쟁 설명문과 사진들과 함께 각종 무기, 당시 한국 지도들도 전시되고 내가 북한에서 가져온 탄흔이 있는 미군 철모도 전시할 예정이다.

이 사업에는 현재 17만불이 모금되어 있는데 박진용 이사장 등 많은 한인들이 참여하고 있다.

맥아더 장군 동상에 이어 이승만 박사 동상 건립도 추진하고 있다.

오리건 한국전쟁기념재단은 지난 2017년 10월23일 윌슨빌 파크 앤 레크리에이션 홍보센터 회의실에서 모임을 갖고 대한민국 초대 대통령 이승만 박사 동상 건립을 추진하기로 했다.

개인적으로는 이승만 대통령 정부가 내 아버지를 빨갱이로 몰아 억울하게 처형했기 때문에 좋아할 수 없다.

그러나 이승만 대통령이 잘한 것은 한미동맹을 굳건히 했기 때문에 한국이 발전된 것이다.

이승만 대통령 동상은 진보 정권에서 교육받은 일부 젊은 층이 부정적인 태도를 보이고 있어 현재 보류되고 있는 상황이다.

2023년이 한미동맹 70주년이다. 지금까지 북한이나 공산주의자들이 한국을 공산화 시키지 못하는 것은 순전히 한미동맹 덕분이기 때문에 개인적인 것보다 국가적인 면에서 추진하는 것이다.

11부

나의 인생 좌우명

PART 76

하늘 끝이 끝인 나의 도전

항상 작은 일도 큰 것으로 보고 최선을 다해오고 있다. 한국에서 고아원에서 일한 작은 것이 결국 미국에 오게 하고 현재의 나를 만들었다.

또 기회가 있으면 과감하게 이를 잡아야 한다. 중요한 기회는 평생에 한번 있을 수도 있고 여러 차례가 있을 수도 있다.

기회는 나는 새와 같다. 한번 놓치면 잡기 힘들다. 작은 기회를 놓치면 큰 기회도 없다.

기회가 있다고 해서 무조건 도전하라는 것이 아니다. 기회가 올 때 잡을 수 있는 준비가 평소에 되어야 한다.

5선 정치인이 되고 주지사까지 도전할 수 있었던 것도 학창시절 7,500 개 영어단어를 암기하고 미군 군부대에서 군목으로 설교를 하는 등 나도 모르게 준비가 되어 있었기 때문이다.

내 삶을 뒤돌아 볼 때 처음에는 어렵게 시작했지만 갈수록 번창하고 행복한 삶이었다.

성경의 "네 시작은 미약하였으나 네 나중은 심히 창대하리라" (욥 8:7) 말씀 그대로였다.

인생목표는 항상 큰 비전을 가지고 멀리 봐야 한다고 믿고 있다. 그 비전과 꿈을 이루기 위해 최선을 다하여야 하고 어떤 역경이나 실패도 용기와 희망을 가지고 극복해야 한다.

많은 사람들이 아메리칸 드림을 단지 경제적으로 성공한 사람들에게 말하고 있다. 그러나 성공이란 돈을 많이 벌고 큰 집에 살고 좋은 차를 타는 등 물질적인 것이 아니다.

성공이란 정신적인 차원이며 자신이 추구하는 뚜렷한 목표가 달성되었을 때 진정한 성공이고 행복감을 맛볼 수 있다고 본다.

그러기 위해서 우리는 현실에만 만족하지 말고 항상 꿈을 가지고 노력해야 한다. 꿈이 없으면 아무것도 실현할 수 없기 때문이다.

오리건의 돈키호테라는 별명처럼 "흐르는 물은 썩지 않는다.", "하늘 끝이 끝이다." 등의 인생철학으로 항상 쉬지 않고 달려왔다.

비록 넘어져도 오뚝이처럼 일어나 일반인의 예상을 깨는 새 도전을 해왔으며 성공을 이룩해 왔다.

그래서 어떤 면에서 돈키호테라는 별명을 좋아한다. 물이 흐를 때 그냥 물에 떠내려가는 물고기는 죽은 물고기 이지만 연어처럼 물을 역행해 올라가는 물고기들이 진정으로 살아 있는 물고기이다.

나무가 크면 바람을 더 많이 맞는 것처럼 큰일을 하려면 여러 곳에서 반대와 비판이 들어온다.

이를 관용으로 받아들일 수 있는 마음도 준비되어야한다.

PART 77

신앙을 통해 어려운 시련 극복

경험을 통해서 실패도 앞으로의 과정에서 귀한 교훈이 된다고 믿고 있다. 어려운 시련을 극복해야만 사회에서 성공할 수 있다.

특히 신앙을 통해 이 같은 역경을 극복할 수 있다는 것을 체험으로 믿고 있다.

나는 공산당 가족이라는 사상적 어려움과, 폐결핵으로 9번이나 각혈을 하고 사경을 헤매는 신체적 역경을 겪었다.

특히 젊은 시절 사경을 헤매는 가운데 인생이 답답하고 갈 길이 보이지 않자 하나님에 대한 항의로 한때 여주 시내를 팬티만 입고 돌아다니다 정신 이상자로 몰리는 정신적인 고통까지 겪었다.

그러나 이 모든 것을 극복할 수 있었던 것은 기독교 사상과 신앙 덕분이었다. 이 같은 시련을 통해 하나님이 단련시킨 후 크게 쓰신다는 것을 깨닫게 되었다.

모든 것이 다 하나님의 섭리와 뜻이라고 감사한다.

어려운 가정을 돌봐준 큰아버지의 사랑과 학생시절 여주에서 목회를 하시던 임동선 목사(LA 동양 성결교회 원로목사)의 신앙 인도를 평생 잊을 수 없다.

임목사님은 여주에서 목회를 하셨을 때 어려운 생활 속에 사는 나에게 고무신도 사줄 정도로 예수님의 사랑을 실천하셨고 나의 신앙심도 키워주셨다.

2016년 별세하신 임동선 목사님은 지난 1970년 LA 한인사회의 대

임의원이 다니던 미국교회에서 성도들이 최후의 만찬 연극을 하고 있다. 임용근 의원은 예수님이 사랑하는 요한 역할을 했다.

표적인 이민교회인 동양선교교회를 개척하고 23년 동안 담임목사로 재직했으며, 월드미션대학교를 창립해 후학 양성에도 힘썼다.

그는 평생 청빈한 삶을 유지하며 복음을 전하는 사역에만 몰두한 목회자로서 교계는 물론 한인사회 전반에서 존경을 받아왔다.

서울신학대학교를 졸업하고 풀러신학교에서 목회학 박사를 받은 임 목사는 한국 공군군목으로 초대 군종감을 지내기도 했으며 대한민국 대통령상과 국민훈장 동백장을 받았다.

하나님은 항상 하나님의 사람들을 통해 인도해주시고 역사해 주셨다. 내가 폐결핵에 걸렸을 때 장로님이 도와주셨고 미국에 가게 된 것도 미국 목사님 덕분이었다.

정계 진출도 미국 목사님의 추천으로 이뤄졌다. 이처럼 내 삶에서 여러 목사님, 장로님 등 하나님의 사람들이 동기를 부여해 주셨다.

나도 그분들처럼 이젠 다른 사람들에게 동기를 부여해 내가 뿌린 씨가 그들에게 훌륭한 열매를 맺기 바란다.

PART 78

나의 에너지는 신앙에 있다.

이제 80대가 되니 나의 능력보다 모든 것이 하나님의 크신 복과 은혜라는 것을 더 실감하고 감사한다.

이 나이에도 일을 한다는 것 자체가 정말 하나님의 복이며 사회, 교회에서 봉사할 수 있다는 것도 하나님이 주신 복이라고 감사한다.

나의 에너지는 건강에 있지 않고 신앙에 있다. 신앙을 자랑하는 것이 아니다.

하나님이 주신 직분 안에서 하나님이 주신 능력을 충분히 발휘하고 하나님이 주신 달란트를 땅에 묻지 않고 사용하고 있다.

아버지가 일찍 처형되어 돌아가신 후 큰 아버지가 고등학교까지만 학비를 대주는 바람에 일반 대학을 다니지 못하고 신학교를 다녀야 했다.

한국뿐만 아니라 미국에서도 좋은 대학을 졸업해야 인맥이 형성되어 출세도 되는데 그런 인맥도 없었다.

학벌, 신체, 영어 모든 면에서 부족하지만 하나님은 나를 크게 써주셔서 감사하다. 그야말로 신앙적인 뚝심으로 낙망하지 않고 끝까지 해낸 지구력 덕분이다. 부족한 나를 써주신 하나님께 영광을 돌린다.

알찬 신앙은 사람들을 움직이고 하나님이 역사하신다. 우리 여주 임씨 집안에서는 내가 제일 먼저 기독교인이 된 후 많은 친지들이 믿게 되어 모두 잘되는 축복을 받았다.

큰아버지 둘째 아들인 사촌 임창선씨는 군 제대 후에 고향인 여주에 돌아와 지우학원을 설립하고 곧이어 여흥 고등학교를 설립하여 여주에서 제일 큰 고등학교가 되었다. 이것이 모체가 되어 당시 정동성 국회의원이 여주 대학교를 설립하게 되었다.

정동성의원은 여주에서 배출한 큰 인물이며 임창선씨의 친구이다. 임창선씨는 여주 군의 의회 의원과 여주 군수를 역임하기도 했다.

큰 어머니는 "예수 믿는 사람이 부모님을 잘 모시더라." 말씀 하시면서 기독교인이 되셨다. 큰 어머니는 100세로 14년 전 하늘나라로 가시는 장수의 복도 누리셨다.

나는 어떤 면에서 아브라함, 요셉, 모세와 같은 삶을 살았다. 아브라함이 하나님이 가라하니 믿음으로 무조건 떠난 것처럼 나도 미국에 갈 때 단돈 일 푼도 없었지만 하나님이 인도해 주실 것으로 왔는데 역시 하나님이 그동안 모든 길을 선하게 인도해주셨다.

형들이 죽이려 하는 등 시련을 겪었던 요셉이 꿈을 잘 해몽해 총리 대신이 된 것처럼 꿈은 해몽하지 않았지만 역시 갖은 고생을 한 끝에 꿈을 가지고 도전해서 5선 정치인이 되었다.

말이 어눌한 모세에게 형 아론을 하나님이 붙여서 쓰신 것처럼 영어가 미국인처럼 유창하지 못하지만 하나님은 그때그때 하나님의 사람들을 붙여주셔서 큰일을 하게 하셨다.

예를 들어 변호사는 안 되었지만 오리건주의 법을 만드는 주의원이 되어 법을 만들었다.

소나 돼지와 달리 사람은 깨달음이 있어야하는데 나이가 더 들수록 하나님의 은혜를 깨닫고 있다.

건강하게 일할 수 있는 것은 마음에 평화가 있기 때문이다. 그 평화는 예수님이 주신 평강으로 믿음이 우리에게 건강과 에너지를 준다고 믿는다.

노인이라도 뒷전에 앉을 필요 없다는 신념으로 지금도 40년째 돕고 있는 구세군을 비롯하여 MADD 등에서 자원 봉사를 많이 하고 있다.

마운 후드 칼리지에 27년 이상 장학금을 지급하고 한인사회 조그만 일이라도 적극 참여하는 등 한인사회와 미 주류사회에 적극 봉사하고 참여하고 있다.

PART 79

정치를 하려면 용기를 가져야

시애틀 중앙일보에서 인터뷰를 하고 있다.

정치를 하려면 두렵지만 용기를 가지고 나가야 한다. 정치는 어려운 것이 아니라 상식적인 것이다.

첫 상원에 당선되었을 때 법 공부한 적도 없고 의회 경험도 없고 영어도 잘 못해 걱정을 했더니 당시 아티에 주지사가 "컴먼 센스(상식)로 열심히 일하면 된다." 라고 격려해 좋은 교훈을 얻었다.

정치인이 되려면 용기와 실력 그리고 뜨거운 열정이 있어야 한다. 나는 일반인들의 생각 외로 어떤 선거 유세 연설이나 디베이트에도 스피치를 준비하지 않고 나간다.

이미 내 생애 87년동안 모든 것이 머리에 메모되어 있기 때문이다.

하나님이 그때그때마다 적절한 말씀을 하게끔 하셔서 조금도 떨리지 않고 청중들의 눈을 보고 귀로 듣고 연설하고 대화하고 있다.

하나님이 항상 함께 계시니 두려움이 없는 것이다.

신학대학을 나와 목사는 되지 못했지만 정치도 목회라고 생각하고 있다. 주청사에서의 의정 활동도 간접적인 목회이다.

존 웨슬리가 세계가 나의 교구라고 한 것처럼 오리건주는 내 교구이다. 앞으로도 무슨 일을 하던지 간에 항상 하나님의 도구가 되어 하나님의 영광을 위해 일할 것이다.

PART 80

낙인이나 편견은 제일 위험

한국에서 빨갱이 가족으로 낙인이 찍혔던 것처럼 낙인이나 편견은 제일 위험한 것이다. 나쁜 사람으로 낙인을 찍으면 그 사람은 결국 진짜 나쁜 사람 되기 쉽다.

주상원 시절 한국에 갔다가 친구가 아들 결혼식 주례를 부탁해서 한 적이 있었다.

그때 만난 한 사람은 내가 한국에서 학창시절 폐결핵에 걸려 정신이 돈 사람으로 여주 시내를 다녔던 것을 기억하고 그때까지도 나를 정신 이상자로 보고 있었다. 고정관념이 그렇게 무서운 것이었다.

당시 주례를 부탁한 친구는 같은 여주 출신으로 사업에도 성공했으나 서울에 있는 대학교 친구들이 아직도 여주 촌놈으로만 취급하고 있다는 것이었다.

그날 성공한 미국의 주상원의원이 되어 결혼 주례를 하자 여주 촌사람 이미지가 없어지고 오히려 선망의 대상이 되었다.

상원의원으로 출마할 때 유명한 컨설턴트를 고용했다. 그는 아무나 함께 일하지 않는 사람이다.

나중에 말하기를 당시 나와 상대 후보의 사진 2장을 가지고 유권자들에게 보이며 누가 더 믿을만한 사람인가 문의했더니 내가 더 믿을만한 사람처럼 보여 나에게 왔다고 말했다.

정계 출마를 생각지도 안했을 때 한국에 갔었는데 고종 사촌누님이 친구들에게 내가 미국의 상원의원이라고 자랑을 했다. 당시 오리건 한인회장으로 있었는데 누님은 그것을 상원의원으로 착각하신 모양이다. 그러나 그 누님의 말씀이 후일 상원의원에 출마하는 요인의 하나가 되었다.

그래서 우리는 항상 다른 사람들에게 못한다고 하지 않고 잘한다고 격려해야 그 사람이 진짜로 잘 할 수 있다고 믿는다.

한국 부모들은 예전부터 어린애들에게는 나쁘다, 못 한다고 핀잔주고 심지어 죽일 놈 등 나쁜 욕까지 하는데 이것은 잘못된 것이다.

어린애들에게도 잘한다, 커서 훌륭한 사람이 될 것이라고 칭찬하고 격려할 때 나중에 정말 훌륭한 인물이 될 것으로 믿는다.

12부

보너스의 삶, 아내 임영희 (그레이스 임) 간증

PART 81

미국 온 후 열심히 일하며 살아

(다음은 2017년 아내 임영희(그레이스 임)가 쓴 간증입니다.)

인생이란 삶의 여정이다. 희로애락과 생로병사를 거쳐야하는 긴 여행이다.

작년 2016년은 내 나이 77세, 만으로 78세가 채워지는 해, 미국에 온 지 거의 반세기가 되어가는 해다.

모처럼 자동차여행으로 이곳 포틀랜드 오리건 주에서 매사추세츠의 보스톤으로, 거기서 남쪽 플로리다 주 마이애미로, 다시 서쪽을 향해 캘리포니아 주로, 그리고 북상하여 오리건주로 돌아올 장거리 거대한 계획을 세워놓았다. 남편도 이미 80세, 더 나이 들면 장거리 자동차여행이 힘들어질 것 같아서 남편과 의논하여 내린 결정이었다.

남편은 1966년 6월에 30세의 나이로 미국에 들어왔고 나는 임신 중이어서 그 이듬해 10월에 돌재비 첫아들을 등에 업고 이 낯선 땅에 발을 디뎠다. 남편은 목회를 하다 왔고 나는 여학교 교사로 있다 왔기 때문에 세상사에 대한 물정을 잘 모르고 지냈다. 그 당시 외국으로 나갈 때 법적으로 갖고 갈 수 있는 돈이 미화 100불이었다.

아직 신혼이라 여유 있는 생활도 아니었지만 법대로 해야 한다는 생각으로 남편은 100불을, 내가 올 때는 애기 돌상을 채려준다고 50불을 챙겨가지고 가방 하나 들고 이민을 왔다. 그나마 남편은 비행기가 일본을 거쳐 오는데 일본공항에서 100불을 주고 카메라를 사서 무일푼으로 미국에 들어온 것이다. 남편은 학교를 4년을 다녀 신학석사를 했고 5년째 해에 우리는 미국영주권을 받았다.

우리부부는 5년 후 미국시민권 받을 때까지 열심히 일을 하며 살았다. 집 페인트, 아파트 매니저, 중국식당 웨이츄레스 등 짧은 영어로 우리가 할 수 있는 일을 찾아 열심히 뛰었다.

그동안 둘째아들도 낳았고 1976년에 시민권을 받을 때에는 집도 장만하고 포틀랜드 다운타운에 번듯한 선물가게도 차렸다. 조그마한 이민교회도 시작했고 남편은 'American Royal Jelly Co.'를 시작했다.

식품점을 사서 운영하면서 우리부부는 공부를 하여 시민권 시험에도 합격을 했고 부동산 매매 자격증을 받아 부동산회사에 적을 두고 활동하다가 5년 후에는 부동산 브로커 자격증을 받아 'Realty Resources NW'란 이름의 내 회사를 차렸다. 열심히 노력한 결과로 남편의 사업도 잘 되고 하여 몇 개의 부동산도 장만할 수 있었다.

PART 82

병치레 한번 없이 꿋꿋하게 살아

어느 날 우리는 한인 노인회에서 보내온 노인회에 가입하라는 초청장을 받았다. 어느새 남편 나이 50세, 깜짝 놀란 남편이 그때부터 사회에 봉사를 해야겠다고 생각했다.

1986년에 오리건 한인회 회장을 치열한 선거를 거쳐 당선되어 봉사를 시작하여 계속적으로 오리건 상공회의소 창립, 미주한인회총연합회 총회장, 미주상공인총연합회 총회장, 미주아시안유권자연합회 의장으로 봉사했다.

이 기간 세계한민족대회를 워싱턴 DC에서, 세계상공인대회를 서울 롯데호텔에서, 청소년 리더십 컨퍼런스를 로스앤젤레스와 하와이에서 개최하면서 그동안 열심히 일해 모은 돈을 아낌없이 쓰면서 미국 각주를 누비며 봉사하며 다녔다.

1990년부터는 미 주류사회에서 봉사를 한다고 오리건 주 주지사에 입후보하여 선거전을 치루고 난후 1992년에 주상원의원으로 당선되어 3선, 주하원의원으로 2선을 봉사했다.

1998년에는 예비선거에서 미연방상원의원에 당선이 되었으나 본선거에서 민주당 후보에게 참패를 당하는 아픔도 겪었다.

2010년에 주지사 재도전을 마지막으로 정치활동을 마감했다. 그 후 오늘날까지 한국전쟁기념재단을 설립해 오리건 윌슨빌시에 있는 공원에 만들어진 한국전쟁기념장벽 주변에 맥아더장군 동상과 전쟁박물관 건립에 초심을 기우리고 있다.

'부부일심동체', '바늘 가는데 실 간다.'는 우리 속담처럼, 더구나 이곳 미국에서의 이민 생활에서는 어떠한 일을 하던 부부가 함께 맞손 잡고 뛰어야 하는 생활이라 나 또한 예외일 수 없다.

남편의 활동이 커지면 커질수록 동서남북으로 그의 뒷바라지를 해가며 같이 뛰면서 지내온 세월이 미국에서만도 어언 50년이 되었다.

더구나 미국의 선거제도는 입후보 한번하면 예비선거와 본선에 두 번을 거쳐야 당선되는 선거 뒷바라지를 해왔고 아이들과 시모님을 모시고 집안 살림도 하면서 그러한 짬짬이 나도 오리건한인회 회장과 이사장, 대한민국평화통일자문위원으로 나름대로의 사회봉사를 했다.

눈코 뜰 새 없다더니 정말로 우리의 생활이 그러했다.

내 키는 5피트, 평생토록 몸무게 90에서 95파운드를 넘나드는 체구 어디에 그런 정력이 숨어 있었는지 그래도 몸져눕는 병치레 한번 없이 꿋꿋하게 반세기를 잘 지내왔다.

시모님은 70세에 미국에 오셔 1999년에 만90세로 하나님 품으로 돌아가셨고 큰아들 작은아들 다 결혼하여 금년 5월이면 손주가 3명이 된다.

이제는 우리를 돌아볼 시간의 여유가 생겨 남편과 함께 모처럼 우리만의 여유로운 긴 여행을 계획한 것이었다.

차로 다니면서 살아오는 동안 인연 맺은 동료와 친지들도 찾아 방문하고 미국의 각주마다 지니고 있는 역사박물관도 관람하고 아름다운 강산도 구경하고 싶었다.

기회 되면 남편이 좋아하는 낚시도 즐기며 다니려고 날짜를 정하지 않고 쉬엄쉬엄 여행을 해보자고 계획을 세우고 알프스 산을 통과하기에 가능한 일기와 일정을 맞추려고 3월을 기다렸다.

PART 83

갑작스런 뇌졸중(Stroke)

그러나 사람은 한치 앞을 못 본다 했던가, 내게 이러한 변화가 오리라고 그 아무도 상상을 못했다.

여행을 하려면 나는 머리 파마부터 한다. 나는 언제나 머리가 단정한 것을 좋아한다. 머리카락이 가늘고 약해서 불로우를 안 쓰기 때문에 롤을 말아서 머리형을 낸다.

3월2일 오전 10시에 약속된 미장원으로 남편과 같이 집을 떠나 파마를 하고 아래층 식품점에서 사온 김밥으로 점심을 하고 오랜만에 영화를 보자고 했다. 그리고 아주 저녁까지 먹고 집으로 가자고 의견이 맞아 우리는 극장으로 갔다. 영화가 별로 재미가 없기도 했지만 왠지좀 피곤해 잠깐 졸았다.

영화를 보고 식당으로 가기위해 차를 탔는데 갑자기 머리가 터질듯이 아파왔다. 운전하고 있는 남편이 들을 수 있게 소리 내어 "머리가 왜 이렇게 아프지?' 했다. 가는 동안 어지럼증과 속이 메스꺼워서 '왜 이렇게 어지럽고 메스껍지?' 했다.

식당 앞에 당도하여 남편이 차문을 열어주는데 내려서면서 그대로 땅에 주저앉아 버렸다. 다리에 힘이 없어 도저히 일어날 수가 없다. 남편에 의지해 간신히 식당 문 앞까지 가서 잠시 진정하고 들어가자고 하고 문 옆에 주저앉았으나 조금도 차도가 없다.

간신히 남편에 의지해 식당 안으로 들어가 음식을 시켜놓고 기다리는 동안 메스껍고 기운이 없어 긴 의자에 누워 있다가 급하게 화장실을 찾아 결국은 토하고 말았다. 아무리 토해도 나오는 것은 맑은 물뿐 나중에는 걸쭉한 누런 액체만 나올 뿐이었다. 온 몸이 편편치 않고 기운도 없고 해서 도저히 밥을 먹을 것 같지 않아 집으로 가자고 했다.

남편은 그때 혹시 내게 뇌졸중이 아닌 가 의심이 생겨 나에게 세 가지를 해보게 했다. 웃어보라(Smile), 혀를 내밀어보라(Tongue), 팔을 올려보라(Rise) 이것은 영어로 뇌졸중(Stroke)의 첫 세 자리 단어로 뇌졸중인가를 확인해 보는 기본이다. 나는 정상적으로 시키는 대로 잘 했다.

그래도 남편 생각에 불안한 마음이 있었던지 나를 차에 태우고 집으로 가지 않고 식당에서 제일 가까이 있는 안식교 종합병원으로 갔다.

응급실에 도착해서는 잠깐 동안 의식이 없었는가보다. 응급실에 도착하니 의사가 보고 바로 내가 뇌졸중 환자란다. 나는 몰랐는데 내입에서 침이 흐르고 있었단다.

CT촬영도 한 모양인데 나는 몰랐다. 응급실에서 몹시 한기를 느껴 따뜻한 담요를 세 개나 청해 몸을 덮었는데도 몸이 덜덜 떨렸다.

잠시 후에 의사가 와서 하는 말이 주사를 맞아야 한다고 했다. 오른쪽 뇌로 연결된 가는 핏줄이 막혀서 뇌졸중 현상이 생겼으니 막힌 핏줄을 뚫는 주사란다.

남편이 "주사를 맞는 것과 안 맞는 것과 무슨 차이가 있으며 좋은 결과를 믿을 확률은 얼마나 되느냐?"고 물었다. "이 주사를 맞고 환자가 죽을 수 있는 확률이 30%가 되지만 그래도 내 어머니가 이러한 상태로 병원에 왔다면 나는 주사를 맞게 할 것이다."라고 의사가 답변했다.

남편은 내 의견을 물었으나 남편이 결정하는 데로 따라간다고 답했다. 때마침 작은 아들 빌리가 와서 함께 의논하여 결국 좋은 결과가 나오길 바라면서 주사를 맞기로 했다.

PART 84

죽을지도 모른다는 의사의 말

주사를 맞자마자 오른쪽 눈이 감기지 않고 안면이 왼쪽으로 틀어지고 왼쪽 팔과 다리가 축 늘어져 손끝 발끝을 까딱도 할 수가 없게 되었다.

얼굴의 변화를 느끼면서 나는 울음이 터졌고, 남편도 작은 아들 빌리도, 의사까지도 당황하는 사태가 벌어졌다. 그 이후는 기억이 없다.

내가 눈을 떠 남편의 얼굴을 알아보았을 때는 OHSU 병원의 응급실이었고 목과 코 속에 박혀있는 가는 호스 줄들로 몹시 불편함을 느끼고 있었다.

안식교병원에서 응급차를 태워 손으로 산소호흡을 하면서 여기까지 오는 동안 도중에 내가 죽을지도 모른다는 의사의 말을 듣고 함께 구급차를 타고 올 동안 남편의 마음은 지옥이 따로 없었을 거라는 생각이 들어 남편에게 죄송한 마음이 들었다.

응급실에 있던 5일 동안 수시로 바뀌는 의사들과 테크니션이라는 사람들이 내 다리를 꼬집어 보기도 하고 찔러보기도 하면서 감각이 있느냐 묻고 수시로 피를 뽑아 검사했다.

CD 촬영을 몇 차례 거듭하고 MRI 촬영도 한 결과 목 뒤에 오른쪽 뇌로 연결된 가는 핏줄이 막혀서 생긴 뇌졸중(Stroke)이었다.

그 결과로 왼쪽 팔과 다리를 움직이지 못하게 됐으며 시간이 경과되면 다른 핏줄을 통해 오른쪽 뇌가 왼쪽 팔다리의 움직임을 감지하게 된다는 것이다.

특별히 처방되는 약도 없고 다만 콜레스테롤을 녹여준다는 약과 피를 묽게 해서 혈액순환이 잘 되도록 도와주는 약을 처방해주어서 매일 먹도록 해주었다.

손등과 팔에 꽂아놓은 주사 바늘이며 코와 목에 걸린 호스들이 아프고 불편해 빼달라고 했더니 내 자신이 숨을 잘 쉰다고 판단하고 코에 끼어있던 줄은 제거했다.

그러나 목에 걸린 줄 때문에 목이 아프고 침조차 삼키는데 고통스러웠다. 더구나 기침이라도 나오면 목이 아프고 불편함을 표현할 바 없다. 내가 스스로 음식을 넘길 수 있어야 호스를 제거할 거란다.

먹고 싶지 않은 음식도 때가되어 들어오면 억지로라도 다 먹었더니 응급실 닷새 만에 호스를 떼어내고 병실로 옮겨갈 수 있었다.

이곳에서는 간호사들이 필요에 따라 환자를 돌보고 있었다. 소변이 마려운데 나오지 않아 간호사의 도움을 받아야하는 일도 있었다.

저녁에 친지 여러분이 병문안 차 방문하여 기도해주시고 위로해 주시고 돌아갔다. 병실로 옮겨지니까 그때야 정신이 들어 남편이 몇 분에게 소식을 드렸단다.

다음날 아침, 언어 훈련과 두뇌 훈련을 위해 전문 담당자가 다녀갔다. 뇌졸중으로 생긴 언어장애와 뇌손상 상태를 파악하고 적절한 훈련을 하는 것이다.

PART 85

하나님께서 쓰러뜨리셨다

다행히 뇌는 상하지 않았고 안면경색으로 인해 입모습이 바르지 않고 발음이 부정확하게 되어서 훈련이 필요했다.

그들이 돌아간 후 조용히 누워 생각을 하니 훈련이 필요한 것은 언어뿐 아니라 우선 시급한 것이 거동할 수 있는 것이다.

축 늘어져서 몸은 천근같고 누워서 꼼짝도 못하니 답답하기 이를 데 없다. 옆으로 몸을 바꾸는 것이나 일어나 앉는 것은 고사하고 한 발짝도 움직일 수 없으니 숨만 쉴 뿐이었다.

이대로는 주변사람들에 짐이 될 뿐이라고 생각이 드니 편안하게 병석에 누어있을 수만은 없다고 생각이 됐다.

남편에게 우리 집 가까운 곳에 재활훈련을 받을 수 있는 시설을 당장 알아서 그곳으로 옮겨가자고 했다.

마침 우리 동네 그레샴에 재활훈련을 받으면서 기거할 수 있는 시설이 있어서 그곳으로 즉시 옮겨갔다.

뇌졸중으로 쓰러진 후 엿새째 날이었다. 쓰러지기 전 몸무게는 97,8파운드였는데 이곳에서 몸무게를 재어보니 90파운드로 빠져 있었다.

하나님께서 내가 너무 바쁘게 살아왔으니 좀 쉬라고 나를 쓰러뜨리셨다고 스스로 위로하면서 몸이 너무 피곤하여 움직이는 것이 싫었지만 다음날부터 훈련을 시작하기로 했다.

PART 86

보너스의 삶

　사람이 산다는 것의 의미를 어디서 찾는 것일까? 평범한 한사람으로서 이제는 인생을 거의 다 살았다고 하는 산수를 일 년 앞으로 바라보면서 문득 내 인생의 발자취를 더듬어 보았다.

　금년이라는 해는 여러 모양으로 나에게 의미를 부여해주는 소중한 해이다.

　첫째, 내가 결혼하여 만 54년째 되는 해이다. 5와 4를 합하면 9가 된다. 9라고 하는 숫자는 동양인에게는 행운의 숫자로 생각한다.

　우선 오늘날까지 건강하고 부족함 없이 살도록 축복주신 하나님께 무한 감사를 드린다.

　반세기 이상을 함께 동고동락하면서 외나무다리를 건너듯 아슬아슬하게 넘긴 세월도 있었고 산전수전 겪으면서 두 손 맞잡고 서로 손을 놓지 않아 오늘에 이른 것에 감사하며 나와 아이들을 위해 일생을 수고하며 함께 늙어가는 남편에게 너무너무 감사한다.

　금년은 9수의 해니 많은 좋은 일이 우리를 행복하게 해줄 것이다.

　둘째, 작은 아들에게 아이가 하나 밖에 없어 하나만 더 낳았으면 기대했으나 늦은 나이에 첫아들을 낳아 더는 안 낳겠다고 해서 단념하고 있었다.

　그런데 금년 5월17일경에 둘째가 태어날 예정이란다.

　사람이 살아가는 동안 생육하고 번성하는 기쁨이 무엇보다도 기쁨을 가져오는 요소라 생각된다.

아기를 낳는 산고와 기르고 가르치는데 드는 수고와 노력은 뼈를 깎는 고통이 따를지라도 삶의 보람 중에 가장 소중한 것일 것이다.

아들과 며느리에게 감사하고 특히 하나님께서 우리의 소망을 아시고 이루어주심에 감사드린다.

셋째, 큰아들이 가정적으로, 부동산 문제로, 어려움에 처해 있었는데 모든 일이 은혜롭게 해결되어 노후계획에도 크게 도움이 됐다니 기쁘기 한량없다.

벌써 큰아들 나이가 50을 넘었으니 이제는 노년기를 바라보는데 젊어서는 잘 지내더니 느지막하게 나에게 걱정을 안겨주어 내 기도의 제목이 되었다.   이것도 하나님께서 해결을 해 주셨으니 나는 하나님께 많은 빚을 진 사람이다.

하나님께서 내가 간구하는 것을 항상 들어주신 어린 시절부터의 체험이 있기 때문에 하나님을 믿고 기다리며 항상 감사한다.

넷째, 장손이 금년에 16살이 된다. 앞으로 2년 반이면 대학생도 되고 법적으로는 선거권을 갖는 '성년'이 되는 것이다.

늦게 얻은 손자라 처음 태어났을 때는 너무 기쁘고 건강하게 잘 커지기만 바랬다.

그런데 지금은 내 생전에 장손이 결혼하는 모습을 볼 수 있을까 생각하게 된다. 사람의 욕심은 어디까지인지?

지금 내 나이에 한치 앞을 못 보는 주제파악도 못하고 엉뚱한 생각을 하는 것이다. 하지만 하나님이 허락하시면 결코 불가능한 것만도 아니라 생각된다.

다섯째, 나는 하나님의 은총으로 새로이 태어나 돌을 맞은 것이다. 이제 보너스의 삶을 받아 당당히 한살이 되었으니 하나님 허락하시고 보호해주시는 한 무한대한 날들이 나의 설계를 기다리고 있다.

우선 육체적으로 뇌졸중 환자는 완전한 회복을 기대하지 말라는 말을 들었다. 그러나 작년 일 년 동안 노력하여 얻은 결과를 바탕으로 계속적인 노력을 해서 완전에 가깝도록 스스로 단련을 게을리 하지 말아야겠다.

정신적으로는 지난 생활을 정리하면서 새로운 삶을 보람 있고 가치 있게, 하나님 보시기에 "잘 한다" 하실 계획 세워 실천하며 살아야겠다.

작년 이때 즈음 혼자서는 움직이지도 못하고 재활양로원에 누워있으면서 써놓은 시를 다시 한 번 음미해 본다.

이 시는 내가 사는 동안 내 마음과 정신의 길잡이가 되고 '좌우명'이 될 것이다.

PART 87

시

부활의 찬가

- 임영희 (2016년 4월20일)

만물이 새롭게 숨쉬는 3월
기쁨의 소식
온 천하가
주님의 부활을 찬양할 때
새 하늘이 열리고
그 하늘 가슴에 품으니
환희 넘쳐 태양에 뿜었네.

태초로부터 나의 존재는
하나님의 피조물
손톱 끝 하나라도 어쩌지 못하는 무능
77개 성상 방자하다
감당 못해 쓰러졌것만
사랑 담긴 간절한 구원의 기도에
둘러싸인 인간애
긍휼히 보시고 감동하신 주님

내게도 부활의 기쁨 안겨주셨네

할렐루야 할렐루야 할렐루야
감사의 찬송 절로 나오네.

스스로 숨 쉴 수 있어 감사하고
스스로 물과 음식 넘기고 먹을 수 있어 감사하고
발가락 하나 움직이지 못하던 발로 걸을 수 있어 감사하고
손가락 하나 움직이지 못하던 팔로 옷 입을 수 있어 감사하고
볼 수 있고 들을 수 있고 말할 수 있으니 한없이 감사하네.
낡고 쓸모없는 내 육신
새로운 피조물로 재탄생 시키셨네.

언제가 될까? 하나님 불러주시는 날
그날까지
새 사람 새 마음으로
감사하며 살리
주님 내 곁에 모시고 그 모습 닮아가며
그동안 인색했던 사랑 감사 은혜
내 생명 다하도록 베풀며 살리.

13부

이어지는 하나님의 축복

PART 88

결혼생활 60년째 행복한 가정

정계 은퇴 후에도 행복한 삶을 살고 있는 임용근 의원부부

나는 아내와 함께 결혼 생활을 60년째 하고 있고 포틀랜드 동쪽 그레샴의 집에서 39년째 살고 있다.

교회도 동네의 미국 교회인 River Crest 커뮤니티 처치를 42년째 섬기고 있는 등 가정과 교회에서도 한 우물을 파고 있다.

임용근 의원 환갑 때 축하해준 손주들과 친구들

 교회는 초교파로서 120년 역사의 교회인데 성도들이 200여명이다.

 하나님은 우리 부부에게 아들 둘의 행복한 가정을 주셨다.

 아내가 미국에 올 때 한 살이었던 큰 아들 승재(Peter)도 벌써 55세가 되었다.

 미국 직장에 있을 때 한국 삼성에서 이사로 발탁되어 4년간 일하다가 현재는 보험회사 사장으로 크게 성공했다.

 슬하에 아들 하나가 있는데 벌써 20살이 되었고 금년에는 영국 캠브리지 대학에서 공부를 하고 있다. 그러고 보니 우리도 벌써 할아버지, 할머니가 되었다.

 승재는 한국에서 태어나 미국으로 왔기 때문에 미국 대통령이 되지 못하지만 미국의 재상이 되라는 뜻에서 승재라고 이름을 지었다.

 둘째 아들 승규(52)는 미국에서 낳았기 때문에 미국 대통령까지 될 자격이 있다. 그래서 우리는 그가 대통령의 꿈을 가지고 살도록 중간 이름에 King을 넣어주었다.

그래서 그의 미국 이름은 Billy King 림이다.

둘째 아들도 결혼해 포틀랜드 컴퓨터 회사에서 Senior Website 디자이너로 일하고 있다. 며느리도 그래픽 디자이너이다.

둘 사이에는 아들 둘이 있는데 늦게 결혼해 얻은 아들이라 큰 아들이 10살, 작은 아들이 5살이다.

감사한 것은 두 아들이 모두 부모에게 잘하는 효자인 점이다.

하나님이 우리에게 주신 복을 이젠 자손대대로까지 이어져 가고 있는 것을 느끼고 감사하고 있다.

이런 행복한 가정을 이룰 수 있기까지는 아내 그레이스의 훌륭한 믿음과 희생적인 사랑 덕분이었다.

아내는 정말 하늘에서 보내준 천사라고 믿는다. 하나님은 나에게 그때그때마다 정말 천사들을 보내주셨다.

어린 시절 장질부사를 앓았을 때는 할머니가 내 곁에서 간호해 주셨다.

학창시절 폐결핵에 걸려 몸이 아팠을 때 하나님은 강장로님을 보내주셔서 안정케 하고 어머니는 뱀탕을 해주셔서 살아났다.

그리고 하나님은 사랑하는 아내를 보내주셔서 지금까지 건강할 수 있도록 식사 등 모든 것을 챙겨 주었다.

특히 아내는 사업을 할 때나 사회봉사, 정치를 할 때도 언제나 적극적으로 나를 격려하고 도와주었다.

주지사 선거운동 때도 참모이자 비서로 헌신했다. 선거 운동 재정을 관리했으며 선거 운동 계획을 짜고 선거 유세차 오리건주를 두 바퀴 돌았을 때도 운전하고 전화 받는 훌륭한 비서였다.

아내는 경제적인 면에서도 나를 믿고 돈을 쓰지 말라고 한 적이 없었다. 정말 훌륭한 아내를 천사로 보내주신 하나님께 감사한다.

특히 아내가 2016년 뇌졸중(Stroke)을 당했으나 기적적으로 이제 다시 90% 건강을 되찾게 된 것에 감사하고 있다.

아내가 옆에 앉아 있는 것만 해도 큰 축복이다. 내가 잘 된 것은 그동안 아내가 잘 지켜주었기 때문이다.

특히 행복한 가정을 이룰 수 있기까지는 아내의 훌륭한 믿음과 희생적인 사랑 덕분이었다.

정말 고맙고 사랑한다.

PART 89

믿음의 본이 되신 어머니

미국에 온지 10년 만에 한국에 나갔다가 어머니를 반갑게 뵈었다. 당시 어머니는 백내장으로 눈이 잘 안보이셔서 우리는 공안과에 모시고 가서 수술을 해드렸다.

한국에서 어머니가 고생하시는 것 같아 미국으로 모시려 했다. 집사람과 상의하니 선뜻 찬성을 했다.

그러나 어머니는 내가 미국에 가면 5년이나 더 살겠느냐고 미국에 안 가시려했다. 그래서 미국 구경이나 하러 오시라고 말하고 수속을

미국에 오신 어머니와 즐거운 시간을 보내고 있다.

한 후 한국에 3번째 갔을 때 모시고 왔다.

미국에 가면 5년이나 더 살겠느냐고 하시던 어머니는 우리와 함께 그레샴 집에서 20년을 행복하게 사시다 지난 1999년 5월16일 하늘나라로 가셨다.

뒤돌아보면 어머니는 믿음의 본이 되는 성녀이셨다.

나는 일제 강점기에는 교회를 갈수 없었기 때문에 해방된 후 5형제 중 유일하게 9살부터 집 근처에 있는 교회를 혼자 다녔다.

당시는 믿음보다는 교회에 가면 동화책을 읽어주고 재미있는 프로그램이 많았고 특히 크리스마스, 부활절에는 선물도 주어 교회가 좋았다.

어머니는 내가 학창시절 폐결핵에 걸리자 교회에 가서 아들을 살려달라고 하나님께 기도해야 낫지 않겠느냐며 교회에 나가게 되신 후 열성적인 믿음을 가지시고 전도도 많이 하셨다.

나의 전도로 식구들이 모두 교회에 나가게 되었기 때문에 하나님은 나의 폐결핵 병을 쓰셔서 우리 가족들을 구원하셨다.

어머니는 새벽마다 마루 뒷문 쪽문을 열고 기도하셨다. 추운 겨울 새벽에도 꼭 마루 뒷문을 열고 기도하셨다.

아마 문을 열어놓아야 하나님에게 막히지 않고 기도가 전달된다고 생각하신 모양이다 .

고향 집에서 겨울철에도 꼭 새벽마다 문을 열고 자녀들을 위해 기도하시던 모습이 지금도 눈에 선하다.

어머니는 성격도 조용조용 하시고 얌전하시며 가족들을 위해 희생하신 전형적인 한국의 어머니였다.

6.25전쟁 때 가족과 함께 피난 가던 한 어머니가 아들 옆으로 수류탄이 떨어지자 대신 폭탄을 안고 희생했다는 소리를 들었는데 우리 어머니도 그런 희생적인 어머니였다.

어릴 적 어머니는 집안에서 아버지에게 엄하게 자랐다가 결혼해 우리 집으로 오셨으나 오히려 시어머니에게 호된 시집살이를 당해 또 고생하셨다.

할머니는 나에게는 잘 해주셨는데 이상하게 며느리인 어머니에게는 호랑이처럼 대하셨다. 집안에서 어머니가 할머니에게 야단맞는 것을 여러 번 봤다.

시어머니로부터는 혹독한 시집살이를 했고 아버지가 우리보다 더 부자였던 큰 아버지와 같이 일했기 때문에 항상 큰 집에 눌러 사셨다.

6.25전쟁으로 남편을 잃고 빨갱이 집안이 된 후 사회에서 손가락질을 당했다. 그리고 아버지의 누명을 벗겨드리지 못해 어머니는 평생 한을 안고 사셨다.

그래서인지 미국에 오셔도 우리가 아무리 편하고 즐겁게 해드려도 어머니는 밤이면 가끔 악몽을 꾸시는지 소리를 지르기도 했다.

깜짝 놀라 어머니에게 왜 그러시냐고 물어보면 꿈에서 남편이나 시어머니와 싸우던 꿈을 꾸었다고 말씀하시기도 했다.

언젠가는 죽은 아버지가 꿈에 나타났다고 말씀하시기도 했다. 어머니는 처형당한 남편의 원한을 풀고 싶어 하셨으나 나 역시 한국에 있었을 때는 빨갱이 집안으로 낙인이 찍혔을 때라 말도 못하고 한을 품고 살아야 했다.

미국에서 어머니에게 좋은 옷 사드리고 식사도 잘해드렸지만 그것은 진정한 효도가 아니었다.

어머니는 돌아가시기 전에 한국에 있는 막내아들이 보고 싶다고 하셔서 어머니를 모시고 한국에 갈 준비를 했는데 한국에 나가지도 못하고 안타깝게 돌아가셨다.

어머니가 다니시던 성결교회에서 로스앤젤레스에 계시는 나의 여주 친구며 동창이고 내 어머니를 잘 아는 노재룡 목사를 초청하여 장례식을 가진 후 어머니는 고향 여주에서 다시 한국 친지들을 모시고 장례식을 치렀다.

한국 풍속에는 죽은 사람은 염을 해 꽁꽁 묶는 것인데 우리는 어머니의 시신을 미국식으로 한복을 입히고 얼굴에 화장까지 예쁘게 한 후 관을 열어 참석자들에게 보였다.

이것을 본 90대 큰 어머니는 마치 살아계신 것처럼 너무 좋아 보인다며 나도 죽으면 저렇게 해달라고 했을 정도로 장례식을 잘 마쳤다.

어머니는 아버지 장지에 합장되었다. 이제 영원히 하늘나라에서 부모님들이 예수님과 함께 행복하게 영생 하실 것으로 믿는다.

내가 받은 하나님 축복은 믿음의 본이 되신 어머니의 기도 덕분이었다.

PART 90

시

어머니

-임용근

새록새록
어머니 생각이 난다.
늘 어머니 생각이 나지만
오늘은 더 난다.
아마 오늘이
어머니 날 이라서
더 그런 것 같다.

6.25 전쟁(1950)나던 해에
40대 청춘 나이로
벼락같이
남편 잃으시고
애통하게 절규하시는
그 울음소리가
내 영혼을 흔든다.

황소같이 먹는
우리 철없는 6남매를
굶기지 않으려고
어머니의 그 고생
어찌 말로
표현 할 수 있으랴

어머니의 고생 고뇌
사랑 외로움 그 원통함
눈물 한번 흘릴 시간과
여유도 없이
평생을 그리 사셨네.

그러기에
나는
새록새록
어머니 생각이 난다.
그러기에
오늘은
남 몰래 눈물 흐르네.

(어머니의 말년 20년은 우리 내외가 미국으로 모셔서 그나마 평안한
여생을 90 세까지 보내셨다.)

PART 91

8순 축하 잔치

나의 팔순 잔치가 포틀랜드 한인 사회적으로 열려 너무 감사하다. 팔순 잔치를 겸한 포틀랜드 메트로라이온스클럽 송년 잔치는 지난 2015년 12월22일 포틀랜드 클레어몬트 클럽하우스에서 열렸다.

이날 모임에는 박서경 서북미연합회장, 시애틀에서 강동언, 곽종세, 김영일, 김준배, 오준걸, 이영부 전 한인회장 그리고 밴쿠버에서 안무실, 이흥복, 임성배, 지병주 전 한인회장, 오리건주에서는 김민제, 음호영, 홍선식, 김제니, 설에이미, 오정방 전 한인회장과 이상설 노인회장, 김대환 노인회 이사장, 이재우 전 그로서리협회장, 지승희 단장, 호광우 장로, 정정희 권사 등이 참석했다.

김병직 포틀랜드 메트로라이온스클럽 회장과 지승희 '오레곤문화예술단' 단장의 사회로 시작된 이날 행사는 한인 최초의 5선 의원인 나의 성공시대를 소개한 비디오 상영이 있었다.

또 '오레곤 문인협회' 오정방 회장의 축시 낭송과 김석두 장로의 축가로 이어졌다.

박서경 회장은 "임 의원이 50년이 넘는 세월을 미 주류사회와 미주 한인 동포사회에서 리더로서 많은 업적을 남기신 것을 모르는 분은 없을 것" 이라며 "특별히 미국 50개주 167개의 한인회를 총괄하는 미주한인회총연합회 총회장으로 250만 한인동포사회를 위해 일했던 리더십과 그 크신 열정과 봉사정신은 영원히 기억 될 것."이라고 말했다.

팔순잔치 때 축하를 받고 있다. 왼쪽부터 오정방 전 한인회장. 박서경 서북미연합회장, 임용근 의원부부, 김병직 미주 한인회 총연 총회장

또 "오리건주 상원의원과 하원의원을 지내면서 서북미 지역 동포사회와 미주 한인사회는 물론, 한미관계 발전과 우호증진을 위해 노력하고 쌓아온 거대한 정치적 파워와 업적은 그 무엇과도 바꿀 수 없는 귀중하고 소중한 우리의 자산이고 자랑"이라고 강조했다.

그리고 "남은 인생길 우리 곁에 계시면서, 미 주류사회와 한인사회에서 우리들의 우상으로 후배들에게 많은 가르침과 교훈을 주실 수 있도록, 계속 일하시는 모습을 보고 싶다."라고 말했다.

나는 답사에서 "가난과 역경을 딛고 꿈을 이룬 것은 하나님의 은혜와 축복이었다."라며 여생 동안 2세들의 정계진출을 돕고 동포사회 발전에 힘을 쏟겠다고 다짐했다.

또 참석한 모든 분들에게 진심으로 감사드리고 오늘 이순간은 영원히 잊을 수 없을 것이라고 말했다.

PART 92

축시

고비마다 넘치는 은혜로

-임용근 의원 8순을 축하드리며

북선산 기슭아래 펼쳐진 여주고을
남한강 구비구비 쉼없이 흘러가니
거기서 태어난 것도 크나큰 축복일세

왜정도 육이오도 겪어낸 세대로서
기쁨도 큰 고통도 견뎌온 팔십성상
조용히 생각해보니 하나님 은혜셨네

오정방 시인 오레곤문인협회장

고국을 멀리 떠나 미국에 도착한 뒤
인생길 칠전팔기 거뜬히 감당하여
꿈꾼 것 다 이뤄내고 산정에 우뚝섰네

주님을 경외하고 이웃을 사랑하고
궂은 일 솔선수범 봉사로 일관하니
참으로 장하십니다 큰 박수 받으소서!

<2015. 12. 23>

PART 93

지금 가장 행복

나는 지금 매우 행복하다. 하나님이 큰 복을 주셨기 때문이다. 젊었을 때는 한국에서 하나님이 주셨거나 아니면 마귀가 주었던지 간에 감당할 수 없는 큰 고통과 시련을 겪었다.

그러나 큰 산 밑에는 큰 계곡이 있는 것처럼 그런 고통을 겪고 이겨냈기 때문에 미국 주 상,하원 5선으로 일했고 지금도 여기저기에서 봉사할 수 있는 것이다.

지금은 인생말년인데도 행복하다. 올해로 사랑하는 아내와의 결혼생활이 60년이다. 참으로 귀하고 어려운 일이다.

내 나이 또래 친구들을 보면 부인이 먼저 하늘나라에 갔거나 남편이 먼저 떠난 경우가 많다.

한국이나 미국에 있는 친구들도 거의 세상을 떠났다. 살아도 치매에 걸렸거나 건강이 좋지 않아 다니지도 못하고 운전도 못한다.

나는 87세이지만 지금도 운전을 하고 밤이나 낮이나 어디든지 다닌다.

정말 건강 주신 것 감사하다. 여태까지 산 것만 해도 큰 축복이다.

3살 차이인 아내가 6년 전 뇌졸중으로 산소 호흡기를 달고 앰뷸런스로 실려 갈 때 아내가 장애인이 되더라도 살려만 주십사 하고 하나님께 간절히 기도 드렸다.

그 아내도 지금 건강을 회복하고 곁에 있으니 얼마나 감사한지 모른다.

자료를 보니 한국인 평균 수명이 82세이고 미국 수명은 80세이다. 내가 지금 87세로 아직도 건강하게 살고 있으니 얼마나 큰 축복인가.

이제 90을 앞에 두고 있는데 부부가 함께 건강하게 살고 있으니 행복하고 감사하다.

갖가지 고난 (trials and tribulations)을 겪은 대가로 하나님이 수명을 오래 주신 것 같다.

우리는 '오레곤 문인협회'에서 80이 넘었기 때문에 명예 회원이 되어 문학 작품 쓰는 것도 배우고 있다.

아내는 2018년 공모전에서 시가 가작으로 당선되어 시인으로 등단했다. 언젠가는 시집도 내려고 열심히 작품 창작 중이니 감사하다.

더구나 자녀 축복까지 주셔서 하나님은 우리 부부에게 아들 둘의 행복한 가정을 주셨다. 두 아들이 모두 극진한 효자이다.

하나님이 우리에게 주신 복이 이젠 자손대대로까지 이어져 가고 있는 것을 느끼고 감사하고 있다.

손자들은 세상에서 제일 예쁘다. 손자들이 잘 지내는 것을 보는 것도 기쁨이다. 모래가 막내 손자 생일이어서 아들 집에서 함께 모인다. 생일날 함께 모여 바비큐를 하는데 벌써부터 기다려진다.

오리건 한인회에서 고문으로 일하고 있다. 내가 먼저 묻지 않는 어드바이스는 하지 않지만 한인회가 요청하면 언제나 고문으로서 의견을 제출하고 있다.

이제는 입 벌리는 것이 아니라 주머니를 벌려야 한다. 우물도 자꾸 퍼서 여러 사람들이 함께 마셔야 하는 것처럼 여러 사람들과 행복하게 살아야 한다. 지난달에는 시애틀에서 열리는 이산가족 모임과 곽종세 전 시애틀 한인회장 출간 기념 사인회에도 초청받아 연설하고 돌아왔다. 지금도 찾는 사람들이 있는 것에 감사한다.

많은 사람들이 앞으로의 계획을 묻는다. 그러나 언제나처럼 하나님이 인도 해주시는 데로 따라갈 것이다.

PART 94

영원히 남기고 싶은 말

우리는 이미 하늘나라에 기쁘게 갈 준비도 다 되었다.

포틀랜드 Finley-Sunset Hills Memorial Park에 묘지도 마련하고 장례식과 모든 경비도 이미 지불했다.

묘비에는 나와 아내의 경력, 사회 활동이 설명되어 있다.

Senator John Lymm became the first Korean American to serve as an Oregon State Senator and a Representative in the U.S for five terms.

Senator John Lymm was one of the Founders of the Korean War Memorial Foundation of Oregon.

He served as President of the National Federation of Korean American Associations and Chairman of the Asian American Voters Coalition.

Grace Lymm served as President of the Korean Society of Oregon and as Chief of Staff for Senator John Lymm.

She also served as Treasurer and Board Member of the Korean War Memorial Foundation of Oregon.

(임용근 상원의원은 미국에서 한인으로는 처음으로 오리건주 상원과 하원의원 5선으로 봉사했다.

임용근 상원의원은 오리건한국 전쟁 기념 재단 창립자 중 한명이었
다.

그는 미주 한인회총연 총회장과 아시안 유권자 연합회 의장을 역임
했다.

그레이스 임은 오리건 한인회 회장으로 봉사했으며 임용근 상원의
원의 비서실장을 역임했다.

또 오리건 한국 전쟁 기념 재단 재무와 이사로 일했다.)

특히 묘비 마지막에 자녀들뿐만 아니라 우리 후손들에게 영원히
남기고 싶은 말을 새겨놓았다.

"We cannot accomplish all dreams we pursue
but without any dreams nothing is accomplished."

"우리가 추구하는 모든 꿈을 다 이룰 수는 없다.
그러나 꿈이 없다면 아무 것도 이룰 수 없다."

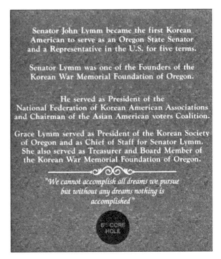

이미 마련해 놓은 묘비에 새긴 글

아메리칸 드림 이루고
오리건주 상,하원 5선 금자탑

큰 산 밑에는 큰 계곡이 있는 것처럼

많은 시련과 어려움을 겪었기 때문에

그 후에 아메리칸 드림을 이루고

한인 정치인으로도

미국과 한국 그리고 미주 한인 이민사에

새 역사를 기록했다고 믿습니다.

1 미주류사회에 한인 목소리 적극 대변

Bill Clinton 대통령과 함께

To Grace and John Lim
With best wishes, *G. Bush*

아버지 George H. W. Bush 대통령과 함께

Vic Atiyeh 오리건 주지사가 주지사배 골프대회 후
Open House를 한 임용근 한인회장 집을 방문해 함께 만찬을 나누고 있다.

To John and Grace — a great pair!
Bob Packwood

Bob Packwood 연방 상원의원과 함께

공화당 대통령 후보였던 Bob Dole 연방 상원의원과 함께

임용근 의원과 오리건주 상원의원들 그리고 공화당 주지사후보〈앞줄 오른쪽 두 번째〉

임용근 의원이 상원의장 대행으로 사회를 보고 있다

90년 오리건주지사 출마 공화당 후보들

임용근 의원이 조지 폭스 대학에서 명예박사 학위를 받고 있다.

유권자들을 직접 찾아가 선거운동을 하고 있다.

상원 3선 선서를 하고 있다.

Gordon Smith 연방 상원의원과 함께

한인회장 당시 빅 아티에 오리건 주지사를 방문했다.
〈왼쪽부터 이재선, 김병기, 빅 아티에 주지사, 임용근, 김영일〉

오리건주 상원 선거운동 홍보 표지

반기문 유엔 사무총장과는 1988년 미주 한인회 총연 총회장시절부터 오랜 친분을 쌓아왔다.

임용근 상원의원 등 관계 인사들이 윌슨빌시의 오리건 한국전쟁기념비 착공식에서
삽을 뜨고 있다.

임용근 의원 집 한쪽 벽에는 수많은 사진과 훈장증 등이 걸려 있어 그간의 삶에서 맺은 열매들을 보여주고 있다.

임용근 의원 집 또다른 벽에는 한국과 세계 지도가 목각으로 새겨져 있다. 임 의원은 항상 이를 보고 "하늘 끝이 끝"이라는 신념으로 꿈을 꾸며 나갔다.

오리건주 역사박물관 외벽에 그려진 임용근 의원 얼굴 벽화

바버라 로버츠 주지사와 함께.
〈그녀는 1991년 오리건주 최초 여성 주지사에 당선되었다.〉

브레들리 아담스 오리건주 상원의회 의장과 함께

1996년 상원 재선 당선파티에서

청와대 김대중 대통령 면담

김문수 경기도지사 방문. 손자와 함께 했다.

오리건주 무역사절단과 함께 전라남도 의회 방문

1990년 서울 롯데 호텔에서 열린 제1회 세계 한인상공인대회

워싱턴 DC에서 열린 2차 세계 한민족 대회

미주 한인회 총연 정기총회

2001년 제주도에서 열린 북한 경제개발과 세계경제 파트너십 포럼 대회에 연사로 참가했다. 〈앞줄 오른쪽 두 번째 임용근 의원〉

지역회장단 모임에서 미주 한인회 총연 총회장
으로 인사말 하고 있다.

오리건 한인상공회의소 총회에서 인사말 하고 있다.

1996년 세계한인상공인 대회

2013년 '미주한인 정치인 콘퍼런스 및 차세대 리더십 포럼'

세계한인지도자 대회

Organized by : Korean-American Political Education Foundation and Overseas Korean Political Council
주　　최 : 한미정치 교육 장학재단 및 세계 한인 정치인 협의회
Support : Consulate General of the Republic of Korea, Overseas Korean Foundation, Korean community
organizations and media in Washington State.
후　　원 : 시애틀 총영사관, 대한민국 재외동포재단, 한미문화협회, 워싱턴주 각 한인 단체 및 언론사

2012년 '미주한인 정치인 콘퍼런스 및 차세대 리더십 포럼'

울산시 상공회의소 대표단 오리건주 방문 환영식에서
임용근 의원이 환영인사를 하고 있다.

신호범 의원, 이수잔 시애틀 한인회장 등과 함께 현대 공장 방문

2022년 벨뷰힐튼 호텔에서 열린 일천만 이산가족위원회 강연회

일천만 이산가족위원회 강연회 참석자들

중앙일보 시애틀 지사의 '올해의 인물' 수상

세계한인교류협력 대상 수상

2022년 시애틀 한인회장 한인회 자서전 출간 기념식에서.
〈왼쪽부터 이수잔 시애틀 한인회 이사장, 임용근, 곽종세, 그레이스 임〉

2011년 서울신학대학교 개교 100주년 예배에서 임용근
의원이 '신학대학교를 빛낸 인물' 상을 수상하고 있다.

중앙일보 시애틀 지사의 '사회봉사상' 수상식에서 장
한 어버이 장대선 사모와 함께

273

대한민국 양심의 소리 함석헌 옹과 함께

김덕룡 국회의원이 오리건주 상원의회를 방문, 임용근 의원 의석에 함께 앉아 있다.

임용근 의원이 평택대학을 방문, 총장, 이사진의 환영을 받고 있다.

3 60년 결혼생활,
행복한 우리 가정

임용근 의원이 올해의 인물 시상식에서
아내로부터 축하를 받고 있다.

83세 어머니가 시민권을 받을 때. 이민국장도 축하해 주었다.

조지 폭스 대학에서 명예박사학위를 받을 때 둘째 아들 승규가 축하해 주고 있다.

큰아들 승재 대학 졸업식 때

결혼 50주년 때 한국에서 결혼 한복을 입고 다시 사랑
을 확인.

크루스 여행 때 정장을 입고 사진 촬영.

지인 딸 결혼식 때

김영미 평택 대학교 부총장과 세종대왕 영릉에서

원경희 여주시장 일행 임의원 가정 방문

손주들과 함께 보내는 시간이 가장 행복하다. 〈손주 윌리암 돌 때〉

서울 방문시 임용식 동생 가족과 함께

여주 형님 내외분과 함께

큰 며느리와 함께

여주 사촌 임창선 군수(오른 쪽), 임용근
의원 내외와 수양딸

오레곤 문인협회 회원들과

281

임용근 의원 환갑 때 참석한 가족과 친지들

하와이 수양딸과 함께

오른쪽부터 큰 아들 손자 Andrew, 둘째 아들 손자 Thomas, William

왼쪽부터 Andrew, 큰아들 승재, 작은 며느리 에밀리, 작은 아들 승규, 손자 Thomas, William

283

포틀랜드 아들 며느리, 손자와 함께

4형제 가족들이 함께 모였다